U0902301

THE BOOK OF JHEREG

YENDI —— STEVEN BRUST

—精灵刺客茨瑞格之书—

魇蛇

[美]斯蒂芬·布鲁斯特 著

李星颖 译

重庆出版集团 重庆出版社

版贸核渝字2006第54号

图书在版编目(CIP)数据

魔蛇/(美)布鲁斯特 著;李星颖 译.
—重庆:重庆出版社,2007.5
ISBN 978-7-5366-8688-5
I.魔… II.①布… ②李… III.长篇小说—
美国—现代 IV.I515.45
中国版本图书馆CIP数据核字(2007)第048038号

—精灵刺客茨瑞格之书—
魔蛇
YENDI
[美] 斯蒂芬·布鲁斯特 著
出 版 人:罗小卫 责任编辑:邹禾 刘倩
翻译:李星颖 插图:冯彦
装帧设计:子唐 责任校对:周玉平
重庆出版集团 重庆出版社 出版

重庆市长江二路205号 邮政编码:400016 Http://www.cqph.com
重庆海洋电子分色制版有限公司制版
重庆市开源印务有限公司印刷
重庆出版集团图书发行有限责任公司发行
E-MAIL:fxchu@cqph.com 邮购电话:023-68809452
全国新华书店经销

开本:700mm×1 000mm 1/16 印张:13 字数: 199千字
2007年7月第1版 2007年7月第1次印刷
定价:24.80元

如有印装问题,请向本集团图书发行有限公司调换,023-68809955转8005

主要人物简介：

弗拉德·塔托希（弗拉季米尔·塔托希）：

本书男主角，一个人类刺客，管理着亚德里兰卡城里一片地区的黑帮小头目。

克瑞加：

弗拉德的助手兼秘书兼智囊，龙迦人，经常会让别人忽略他的存在。

莫罗岚·埃·德利恩：

战龙领主。虽然是龙迦人，但跟弗拉德的私交很好，同时弗拉德也担任他的要塞的安全顾问。

雅丽拉·埃·基兰：

战龙领主兼战龙家族的皇位继承人，莫罗岚的堂妹，和弗拉德交情也不错。

塞丝拉·拉沃德：

玄虎山脉的神秘女主人，也是莫罗岚、雅丽拉以及弗拉德的朋友。

卡奥蒂：

绰号叫“龙蜥之匕”的东方人女刺客，奉命暗杀弗拉德，却最终和他堕入情网，做了他老婆。

诺拉莎：

卡奥蒂的搭档，绰号叫“龙蜥之剑”的女刺客，遭到放逐的战龙领主。她的父亲曾经是战龙家族的皇位继承人。

拉里斯：

因为和弗拉德争夺地盘引发“龙蜥战争”的另一个黑帮小头目，资格比弗拉德要老的龙迦人。

小塞丝拉：

塞丝拉·拉沃德的得意门生，莫罗岚的客人。

绿衣女巫：

带有明显隼鹰家族长相的神秘龙迦法师，莫罗岚的客人，和小塞丝拉关系密切。

当我还小的时候，别人告诉我，龙迦帝国的每一个臣民都是十七家族的一分子，而每个家族都以一种奇兽作为家族名。他们又告诉我，像我这样的人类，或者叫“东方人”，都是些不足挂齿的社会渣滓。他们还告诉我，如果要和“某些生物”平起平坐，就只有两种选择：要么，向某个贵族宣誓效忠，然后加入泽鼠家族，成为农民阶级的一分子；要么，就像我死去的父亲那样，花钱买一个龙蜥家族的贵族头衔。

后来，我找到了一只野生龙蜥，然后训练它，然后开始在龙迦社会里留下属于我自己的足迹。

等到年岁渐长，我才明白，那些别人教给我的东西，基本上都是扯淡。

1

“别让他们看见，小心他们动粗”

克瑞加说生活就好像一只洋葱，不过，他说的东西肯定跟我说的不一样。

他说的是剥洋葱皮：你可以一点一点地逐渐深入进去，直到你深入核心，然后发现那里空无一物。我猜或许真是如此，但是我父亲开餐馆的那些年里，我从来没剥过一个洋葱：我都是直接把它们剁碎的。所以，克瑞加的推论在我这儿似乎不怎么能得到共鸣。

我说生活好像一只洋葱的意思是：如果你放着它不管，它就会烂掉。仅从这一点来说，跟其他蔬菜也没什么两样。可是，一只洋葱要烂掉的话，它是既能从里面向外面，也能从外面向里面开始变坏的。所以，有时候你会拿到一只“金玉其外，败絮其中”的洋葱；而另一些时候，你会看见明明外面已经有了坏掉的斑点，切开来看，其他部分又完好无损。味道很刺激，但我们要的就是这种感觉，不是么？

玄虎领主喜欢把自己设想成配菜主厨，抄着刀子转来转去把洋葱坏掉的地方都切掉，但问题是他们通常都没办法分清楚好的部分和坏掉的部分。战龙领主就很擅长找出那些坏掉的部分，可一旦他们找到了一个有问题的洋葱，就会丢掉一整筐。而一个隼鹰领主，每当他发现一个烂点时，他会不动声色地看着你把它煮好，吃掉；然后等你把它吐出来的时候，还会很精明地点点

头。如果你质问他为什么不告诉你这个烂点，他会很惊诧地看着你说：“你又没问。”

我还可以继续说下去，但我真正要说的是什么呢？在龙蜥家族中，我们不必担忧烂点上的泽鼠粪便，我们只是在这儿卖洋葱而已。

不过有时候，也有人雇我剜掉一个烂点。这让我一天就可以有三千二百枚金灿灿的帝国币入账。为了排解压力，我偶尔会到莫罗岚大人的要塞里的宴会上转悠一下。怎么说我也算是他的手下，身为他的安全顾问，我等于有一张长期有效的通行证。

我刚从传送的混乱中回过神来，缇尔达女士就让我进去了。我自顾自地朝宴会厅走过去，站在门口仔细打量着里面成群结队的人（这个说法并不是很准确），想要找出几张熟悉的面孔。没多久，我就发现了莫罗岚高大的身影。

我朝他走过去时，那些不认识我的客人都把注意力集中到了我身上，有的偷偷评论了几句全都被我偷听走了。在莫罗岚的宴会上我总是能吸引人们的注意——或许是因为我是那里唯一的龙蜥族，或许我是其中唯一的“东方人”（注：“真正的人类”），又或者因为我进去的时候还带着我的龙蜥魔宠——洛尤希，它趴在我的肩上。

“不错的宴会。”我对莫罗岚说。

“*那么，那些装了死泽鼠的盘子在哪儿？*”洛尤希用心灵感应问我。

“多谢夸奖。弗拉德，你在这儿可真叫我高兴。”

莫罗岚总是这样说话，我想他已经习惯成自然了。

我们走过一张桌子，他的一个仆人正在那儿把各种酒都倒出一点儿来，品尝之后再作出评论。我拿了一杯红达洛沙酒，啜了一口：相当甘冽，如果冰一下就更好了。龙迦人对酒类可说是知之甚少。

“晚上好，弗拉德；晚上好，莫罗岚。”

我转过身去，朝雅丽拉·埃·基兰——莫罗岚的堂妹，战龙的继承人——深深地鞠了个躬。莫罗岚微微鞠躬，轻轻地捏了捏她的手：“晚上好，雅丽拉。又有决斗啦？”

“怎么会？”她反问道，“你听到消息了？”

“事实上，没有，开玩笑罢了。那些要为你决斗的人不是早就排起长队来了吗？”

“对，明天就有一个。玄虎领主手底下的一个泽鼠注意到了我的言谈举止。”

我摇了摇头，咂咂嘴：“他叫什么名字？”

她耸了下肩膀：“我不知道，明天就能弄明白了。莫罗岚，你看见塞丝拉了没有？”

“没看见。估计她还待在玄虎山脉那边，可能迟一些会露面的。很急吗？”

“没事。我想我已经分离出了一种新的埃·蒙达隐性性状，不过等等也无妨。”

“我对此倒有点兴趣，”莫罗岚说，“给我讲讲好吗？”

“我还没有最后弄清楚它到底是什么……”雅丽拉一边说，一边就和莫罗岚一同走开了。唔，莫罗岚是用走的，而雅丽拉，这个我所见过的最矮的龙迦人，飘在空中，银蓝色的长裙垂下来擦着地面，掩盖了这一事实。雅丽拉有金色的头发和绿色的眼睛——通常如此，尽管她现在并没有表现出来。她也有一把剑，比她的个头还要高一些。她是在亡者之路上，从征服者基兰，她家族血脉的源头那里得来的。同样的，这里面也有个故事，不过先别管了。

不管怎么说，他们都走开了。我利用和圣珠的连接，施了个小小的魔法，冰了冰酒。然后又啜了一口：好多了。

“今晚的问题，洛尤希，就是：我要怎么样才能弄来一个床伴？”

“头儿，有时候你可真叫我恶心。”

“告诉我啦。”

“说点别的嘛，如果你有四个窑子——”

“我早就决定不逛窑子的。”

“呃？为什么不逛呢？”

“你不明白。”

“我试试。”

“好吧。可以这么说：不管怎么想，和一个龙迦人上床，就跟和一头动物

做那种事差不多了。而如果是跟一个妓女，那感觉就好像是花钱买……买……别管他啦。”

“继续啊，老大，把话说完了。我开始好奇了呢。”

“噢，闭嘴！”

“总之，就是杀人让你产生性欲的，对不对？”

“滚！”

“你需要一个妻子。”

“滚到死门去！”

“咱们去过一次啦，还记得不？”

“对，我还记得你对当时那头巨型龙蜥的感受呢。”

“别提这个，头儿。”

“那就别对我的私生活说三道四。”

“是你开的头。”

没什么好再说的，我也就此打住，又喝了一口酒。感觉有些怪异，我早该明白这种萦绕不去的感觉，很显然，这是有人要和我进行心灵感应的预兆。我连忙找了个僻静的角落打开心智建立连接。

“头儿，宴会如何？”

“不坏。克瑞加，有什么事不能等到明早吗？”

“你的擦鞋童在这儿，他明天要成为雅鹤的继承人了，所以他想要把工作结了。”

“有趣。真是这样？”

“提问：你在马拉克广场新开了家赌馆吗？”

“当然没开，不然你早就听说了。”

“我也这么想。所以就有问题了。”

“我明白：有些愣头青以为我们不会注意，还是说有人想要横插一杠子？”

“看起来很专业，弗拉德，他那边有保镖的。”

“多少人？”

“三个。我认识其中一个，很尽忠职守。”

“哦。”

“你怎么想？”

“克瑞加，你知道一个夜壶如果几天都没有倒空会怎样吧？”

“对，嗯？”

“那你知道如果你最后终于把它倒空了，底上总会黏着些东西吧？”

“是的，呃？”

“我对这事儿的感觉就好像那些黏在夜壶底上的东西。”

“了解。”

“我很快就来。”

我发觉莫罗岚和雅丽拉还有一个高个子龙迦女士一起朝我这边过来，那位女士穿一身林绿色衣裙，有着典型的恐枭家族的面部特征。她相当漫不经心，居高临下地瞥了我一眼。身为一个龙蜥，又是一个“东方人”，真是叫人泄气——随便哪个理由都会让人嘲笑你的。

“弗拉德，”莫罗岚说，“这是绿衣女巫；巫师，这是弗拉季米尔·塔托希准男爵。”

她几乎察觉不到地微微点了下头，我极其夸张地俯下身子鞠躬，手背从地板上擦过去，又从我的头顶上方掠过，然后对她说：“尊敬的女士，我真是万分开心能在这儿见到您，您一定也有同感吧。”

她轻蔑地哼了一下鼻子，别过脸去。

雅丽拉眨巴了一下眼睛。

莫罗岚显得有些困惑，然后耸了耸肩。

“绿衣女巫，”我说，“我以前从未见过一名身为巫师的恐枭族成员，而绿颜色我已经看到了，所以我没办法从这个称号里知道——”

“这就够了，弗拉德，”莫罗岚说，“她又不是——”

“抱歉，我只是想要告诉你发生了一点事情，我恐怕得走了。”我转过去对着女巫，“我很抱歉不得不这样告诉您，请别在意，别让它破坏了您今晚的兴致。”

她转回头来看着我，甜甜地微笑着。“你怎么会——”她说，“想要做一只

蝾螈呢？”

洛尤希嘶嘶作声。

“我请你别再说了，弗拉德。”莫罗岚严厉地说。

我放弃：“我要走了。”说着，我又微微低了一下头。

“非常好，如果有什么我能帮忙的，尽管说。”

我点点头。对他来说有个坏消息，那就是我还记得那个评语。

你知道一个龙迦人和一个东方人之间最大的一个差别在哪儿吗？不是他们的身材比我们高大强壮许多，我就是证明体型和力量并不那么重要的一个活例；也不是他们能活两三千年而我们只有五六十年的寿命，不管怎么说，我周围的那些人里，没有一个希望自己寿终正寝的；更不是他们天生就有和圣珠的连接，可以自由使用法术，而东方人（比如我那已故的、没什么人会哀悼的父亲）只能花钱买一个龙蜥家族的头衔，或者对某个贵族宣誓效忠，然后搬出来住到乡下成为一个泽鼠——从而做个王国公民并且得到和圣珠的连接。

不，我发现最大的差别在于：一个龙迦人在传送之后不会觉得恶心反胃。

我落在事务所外面的街道上，几乎马上就要吐出来。我做了几个深呼吸，等着五脏六腑都平静下来——实际上施法的是个莫罗岚的巫师，虽然我自己也能传送，但技术还不到家。一次硬着陆只会把事情搞得更糟。

当时我的事务所还在铜巷，在一个地下小赌场的后面，而这座小赌场又在 间卖迷幻草药的商店后面。整个事务所由三部分组成： 个隔间，梅勒斯塔夫，我的接待员兼保镖就坐在那里；他的右边是克瑞加的事务所和档案室；梅勒斯塔夫后面才真正算是我的办公室。克瑞加有一张小书桌和一把硬木椅子——放不下更多东西了，隔间里有四把基本上还算舒服的椅子。我的办公桌比克瑞加的稍大，略小于梅勒斯塔夫的；一把垫子柔软饱满的转椅正对门口；门边还有两把舒适的椅子，只要克瑞加在就一定会霸占其中一把。

我让梅勒斯塔夫通知克瑞加我已经到了，然后坐在我的书桌上等他进来。

“呃，头儿？”

“噢。”我意识到这一点，叹了口气：又来了，克瑞加又趁我没看见的时候

偷偷摸了进来。他都声明不是有意为之——他天生就会让所有人都忽略他的存在。

“发现什么没有，克瑞加？”

“我都告诉你了。”

“好，我们去搞点钱来吧。”

“咱俩都去？”

“不，你别让他们看见，小心他们动粗。”

“好的。”

我们出去时我用右手梳理了一下头发，这样我的手臂能擦到斗篷的右边，就可以确认各种家伙是否都就位了。然后用左手调整了一下领口，让我也能多检查一下斗篷的其他部分。

一出门，我先迅速地扫视了周围的状况，然后走上街道，穿过半个马拉克广场。铜巷是一条仅能容纳一辆半手推大车的街道，这已经比其他很多街道都宽敞了。两旁的楼房挤挤挨挨地排列着，只在比较高的地方开有窗户。马拉克广场是一个圆环形的区域，中间有一个从我记事起就没有喷过水的喷泉，铜巷的尽头也就在此。沿着铜巷一直走下去，下基兰路从左边进入我们的视野：它比铜巷略宽，又从我们的右边延伸出去。

“好了，克瑞加，”我说，“它在——”我停住了，“克瑞加？”

“就在你前面，头儿。”

“噢。它在哪儿？”

“喷泉客栈左边第一扇门，进门，上楼，就在右边。”

“好，你把风。”

“了解。”

“洛尤布，试着去找一扇能看到屋里情况的窗户。要是找不到，就留在能保持联系的范围内。”

*“没问题，老大。”*它飞走了。

我走进去，爬上一段没有扶手的楼梯，然后到了顶层。做个深呼吸，又检查了一遍武器，然后轻轻地敲敲门。

门立刻开了。站在门口的人穿一身黑色和灰色结合的龙蜥家族服饰，一把大腰刀用皮带挂在身旁。这家伙身高将近七英尺半，体形比一般的龙迦人粗壮许多。他低头看看我，说：“抱歉，胡子佬。只招待人类。”然后把门关上了。龙迦人通常会为谁是“人类”这个问题而困惑不已。

被人称作“胡子佬”不会让我烦心——我故意留了一撇小胡子，因为龙迦人做不到这一点。但是被关在一场赌局的外面却让我大为光火，尤其在此地的这一场还没有得到我的许可。

我很快地检查了一下门，发现它是用魔法拴住的。于是我轻抖手腕，一个破咒器——两英尺长的细金链跳进了我的手中，我拿它猛烈地敲打着门扇，感觉到魔法正在一点一点地失效。最后，在门又一次猛地打开时，我把它扔到了一边。

那人眯起眼睛，朝我大踏步走了过来。我冲他微笑：“如果可以的话，我想和这儿管事的谈谈。”

“我看，”他说，“你是需要找人帮你下楼。”说完，继续朝我走来。

我摇摇头：“这么点小事你都不肯合作，真叫人伤心，死人。”

他又迈了一步，我右边的袖剑已经入手。我蹲下身，从他的胳膊下钻了过去，六英寸长的钢铁从他第四和第五根肋骨间向上斜插，从胸骨的凹槽处穿了出去。走进房间时，伴随着一声沉重的倒地声，我身后传来一阵含糊嘶哑的呻吟和咳嗽声。和某些流行的荒诞说法相反，这个人还能再活上一两个钟头；但和另外一些盛行的传说也相去甚远——他会因为强烈的震惊而无法采取任何求生措施。

房间很小，只开了一扇窗。里面有三张放着斯央石的赌桌，一张旁边坐了五个人，另外两张旁边各有四人，绝大部分人看起来都像是泽鼠人，一个萨尔莫斯人；另外还有两个龙蜥人，正如克瑞加跟我说的那样，他们看起来是为这地方干活的。他们俩迅速地朝我逼近过来，其中一个已经拔出剑准备开战。哎呀，天啦！

我拉过一张摆在我和他们其中一个之间的桌子，朝着那人一脚把桌子踢了过去。与此同时，窗户破了，洛尤希朝着另外一个家伙径直飞了过去。不

管怎么说，我可以暂时不管他了。

正对我踢过去的桌子的家伙踉跄两步，硬币、石头撒了一地，人群也散开了。他在我面前胡乱挥舞手臂的当儿，我拔出细剑切在了他的手腕上。他甩开刀刃，我紧逼一步，一脚踢在了他两腿间。他一声惨似一声地哀号起来，我用刀尖戳一下他的头，他立刻安静了。

我朝另外那个人走过去：*“够了，洛尤希，别管他了，留神我后面。”*

“好的，头儿。”

正当洛尤希离开，我朝他逼近时，那人还想要拔出剑来，不过我的剑早已出鞘。我把剑尖抵在他的喉咙上，微笑着说：“我想跟这儿的经理谈谈。”

他一动不动，冷冷地看了我一眼，眼中没有一星半点恐惧的痕迹：“他不在这里。”

“告诉我他是谁，就饶你一命。”我说，“不然，就是死路一条。”

他仍旧沉默着。我把剑尖慢慢上移，最后对准了他的左眼，这个威胁再明白不过：要是他的大脑被破坏了，那么任谁都没办法复活他了。他仍旧没有表露出丝毫惧怕的痕迹，但还是说：“拉里斯。”

“谢了，”我告诉他，“趴在地板上。”

他照办了。我转过身看着那些客人：“打烊了。”他们开始朝门口走去。

就在此时，一阵风声呼啸而过，又有五个龙蜥闯了进来，剑已出鞘。啊呀。都不用我说什么，洛尤希已经落在了我的肩膀上。

“克瑞加，撤！”

“好。”

我不顾一切地想要利用我的连接把自己传送走，但是失败了——有时候我还真巴不得传送结界被宣布为非法。我一剑刺入一个对手的胸膛，左手撒出一把尖钉刺，接着从已经破了的窗户那儿跳了出去。咒骂声不断从我身后传来。

我试着施了一个快速浮空咒，这样在我落地的时候就不会摔得很惨。我根本不敢停下脚步，因为对方很可能也有尖钉刺。于是我又试了一次传送咒语，这次成功了。

我只觉得后背被猛地一扯，然后就已经站在事务所外面那间商店的门口了。接着，我吐了。

我努力支撑自己站起来，掸掸斗篷上的尘土，走了进去。店主好奇地打量着我。

“外面的街道给弄脏了，”我告诉他，“清理一下。”

“拉里斯，呃，头儿，”片刻后，克瑞加说道，“咱们的隔壁邻居之一。他控制了十个街区，到目前为止，他手底下只有两三个赌馆在咱们的地盘上。”

我把脚放在桌子上：“比我的地盘还要大两倍多。”我陷入了沉思。

“看来他是故意找茬儿，对吗？”

我点了下头：“那么，他是想要试试咱们的深浅，还是说想要直接插手？”

克瑞加耸耸肩：“说不准，不过我看，他是想直接插手。”

“好吧，”我说，听起来比实际上冷静得多，“我们能否和他单独谈谈，或者就直接开打？”

“咱们打得过么？”

“当然打不过，”我突然说道，“我得到这块自己的地盘才不过半年，早该料到会有这种事的，真该死。”

他点点头。

我深深地吸了口气：“好吧，我们的薪水册上有几个打手？”

“六个，一直派驻在外的不算在内。”

“经费状况如何？”

“完美无缺。”

“那么，不管怎么说，你总得给点建议吧。”

他看起来有些不安：“我不知道，弗拉德。你为什么不能行行好跟他谈谈呢？”

“我怎么知道？我们对他的了解远远不够。”

“那就是了，”他说，“我们应该做的第一步，是找出我们能做的事情来。”

“如果他给我们时间的话。”我说。

克瑞加点了点头。

“咱们还有另外一个问题，老大。”

“是什么，洛尤希？”

“我敢打赌你现在一定欲火焚身了。”

“噢，闭嘴！”

YENDI

2

“我会需要保护的”

我加入组织，差不多是三年前的事情了。那时候我作为一个“打手”，为一个叫聂拉的家伙卖命。他控制着一间北加肖斯街上的小赌馆，又向剑手韦罗克交保护费。

韦罗克算是个中等水准的老板了，他的辖区北到陶市街，南抵千年地；西至跃马街，东达独爪街。

这些区域的边界有着相当高的不确定性。我刚去给聂拉干活时，北边的边界，陶市街一带，就*极其的*不稳定。我第一次还有第三次的“活计”，就是按照剑手的意思去巩固北边界线的。他北边的邻居是个叫罗拉安的，有点和平主义者味道的家伙。他一直想要和韦罗克坐下来谈判，因为他想要陶器市场，却不想要火并。某天罗拉安从他三层的事务所摔下来之后，就变得更加和平了。他的副手，菲特·查诺，更是有过之而无不及。我始终怀疑菲特在罗拉安的死一事中脱不了干系，因为除此之外我找不到其他韦罗克会放查诺一马的理由，可是对此我也从未找到过确凿的证据。

那也是三年前的事了。我在那之后没多久就不再给聂拉干活了，而是直接为剑手本人卖命。剑手的老板是多洛南，他管理着从东边的码头一直到西边的“小死门”区，从城南的河畔一直到北边的伊索拉街这一大片区域。

罗拉安开路去死门瀑布观光之后，又过了一年半，韦罗克和龙蜥左手会的某人发生了一些冲突。我认为此人是和韦罗克干相同营生的（我们的兴趣通常不会交迭），但我并不十分确定这个矛盾究竟是什么。因为某一天韦罗克突然人间蒸发了，取而代之的是他的副手，一个叫塔吉查的家伙。我至今念不清他的名字。

在剑手那儿我的工作是一个矛盾调解专家，但这个新来的老板却不曾为东方人多作考虑。我第一天走进他的事务所——位于铜巷，在加肖斯街和马拉克区之间的某个地方——给他解释我为韦罗克做些什么，然后问他是否想要我称呼他“大人”或者“头儿”，或者我要怎么才能把他的名字明白无误地念出来。他说：“叫我天主。”然后我们之间就玩完了。

我只用了不到一个星期就对他无比厌恶。过了不到一个月，另一个韦罗克前任副手突然脱离他的控制，开始在塔吉查控制区域的中心运作起自己的势力来。这个人就是拉里斯。

两个月后我对“天主”的忍耐已经到了极限。我们这些替他干活的人中有好些都注意到他没有对拉里斯的行为作出任何反应，这是个示弱的象征。最终，不管是塔吉查组织中的人还是组织外的人，都纷纷开始利用这一点。我真的很想知道还会发生些什么事情，如果他没有错误地选择自杀——戳穿他自己左眼——的话。

他在某天深夜死了，我就在那天晚上去找了克瑞加，他以前和我一同给聂拉干活，又断断续续地为韦罗克工作过一段时间。当时，他在立柱街一家旅馆里干保镖。我对他说：“我刚刚继承了一块地盘，你愿不愿意来帮我把守住这里？”

“危险吗？”

“见鬼，当然危险。”

“免了，谢谢，弗拉德。”

“起薪一周 50 枚金币，要是两周后我们仍然把持着这块地方，就给你 75 枚金币，外加我所得收入的 10%。”

“两周后加到 100，外加收入总数的 15%。”

“75，外加纯收入的15%。”

“90，加你抽头前纯收入的15%。”

“75，加我抽头前的10%。”

“成交。”

第二天一早，塔吉查的秘书进来时，我和克瑞加的事务所刚刚开张。我对他说：“如果愿意的话，你可以为我工作。如果你说好，那么还会给你涨10%的工资；如果说不要，那么你可以活着走出这儿；如果你对我阳奉阴违，那我就把你丢去喂虎鲸。”

他说不干。我说：“再会。”

然后我去找一个叫做梅勒斯塔夫的打手，他同样相当讨厌我们的前任雇主，我之前和他合作过两三次。他做的“活计”我有所耳闻，我也知道他是个谨慎行事的人。我对他说：“头儿想要你做我的私人秘书和保镖。”

“头儿疯了。”

“我就是头儿。”

“我还是执政官呐。”

我拿出一张城市地图，用一个方框把那个死掉的男人的地盘框了起来，然后又在这个方框里面画了另外一个框。出于某些原因，亚德里兰卡这片地区的头目们准备沿着半条街将这个区域一分为二。就是这样，他们不说“我要白日地，你要尖点区”，而是说“我要一直到白日地西边的地方，你要白日地东边的地方”。所以我画的这个方框就从立柱街的中间——拉里斯的地盘到此为止——开始，到白日地；从白日地画到格兰东，从格兰东画到安道特拉，从安道特拉画到索罗姆，从索罗姆到下基兰路，又从下基兰路画到立柱街。

我让梅勒斯塔夫和另外一个副手以及两个直接听命于塔吉查的小弟取得联系，之后叫他们在多洛南事务所前的街区和我见面。他们照办了，我又叫他们跟着我。没有解释，我只是带他们到了事务所。到那儿之后，我叫他们等在外面，我要去见老板。

他们让其他人在外面等着就放我进去了。多洛南浅色的头发剪得很短，看起来很清爽。他穿紧身上衣和长筒袜，这种装束在工作中的龙蜥身上可不常见，然而他身上装备的每一个细节都显得极为协调。同样地，他在龙迦人中也属于矮个子，约莫6 英尺9 英寸高的样子；体形也较为瘦小。总的说来，他看起来更像是一个角犬书记员；但实际上，他是靠战斧打下自己名望的。

我对他说："大人，我是弗拉德·塔托希，"然后拿出地图来指给他看我画的第一个方框，"仰仗您的许可，我现在全权管理着这片地区，"接着又指着里面那个较小的方框，"我想我掌管这个区域会更好些。外面的那几位先生，我确信，他们会非常乐意用任何一种您觉得合适的方法分配剩下的部分。关于这件事情，我还没有和他们进行讨论。"最后，我朝他鞠了一躬。

他看看我，看看地图，又看了看洛尤希（它任何时候都会蹲在我的肩膀上），然后开口说："如果你做得到的话，胡须佬，那它就是你的。"

我谢过他，然后走出去。让他去给剩下的那些人解释事情的来龙去脉好了。

我回到事务所，察看了一下册子，发现自己几乎不名一文。我自己大概有500 个金币，这点钱大概够一个家庭舒舒服服地过一年日子。我手底下控制着四家妓院、两处大赌场、两座钱庄还有一个清道夫，或称之为销赃者或者经营偷来的货物的人。一个小弟也没有（这是个有趣的名词：有时候指的是登记在薪水册上的全职打手，有时候又指的是副手，我通常都是用后面这个意思）。不管怎么说，我还有六个全职打手，我也知道有几个雇佣打手的存在。

我走访了每一处我经营的地方，给了他们同样的提议：把一个装了50 个金币的钱袋丢在桌子上，然后对他们说："我是你们的新老板，这是你们的奖金，或者临别赠礼。自己挑想要哪一个。如果你们把它当奖金收下，日后又给我捣乱的话，那最好开一张你的葬礼歌手的名单，你们会需要那玩意儿的。"

把这些都搞定之后，我他妈的也没多少现钱了。他们都留了下来，我也可以松一口气了。等到周末，除了聂拉——他现在也属于我的辖区——之外，没有人交钱来。我估计他们是等着要看我怎么办。在这一点上，我目前是没有足够的钱去雇一个苦力，而且我对使用打手一事也心存疑虑（如果他完不成工作该怎么办？）。于是我径直走进离我事务所最近的一处生意——那是家妓院，找来了那儿的老板。在他开口前，我就在他膝盖的水平位置上扔了一

把飞刀，把他斗篷的右半部分钉在了墙上，左边也如法炮制。接着我对着他两只耳朵各甩了一枚手里剑，险险地擦着耳朵飞过去插进墙里，只差一点就削到了。然后洛尤希飞到他身后，伸出爪子从他的头顶往下掠过脸庞。我上前一步，直击他的胸骨下方，在他弯腰蜷缩的一瞬间，又用膝盖直接撞他的脸。他开始领悟过来我已经很不高兴了。

我对他说："看在这领上好的斗篷分上，给你一分钟时间，把我的钱送到我手上来。你做好以后，克瑞加会来查验你的账本，然后他会和你这儿的每根花草谈谈，查清楚你的活动情况。要是我这儿短了一个铜板，你就得变成死人。"

他把斗篷留在墙上，跑去拿钱。在这当儿，我用心灵感应找到克瑞加，叫他下来。我拿到钱袋后，我们就在那儿等克瑞加来。

那家伙说："你瞧，老大，我只是照章——"

"安静！否则我扯出你的气管来叫你吃下去。"

他闭嘴了。克瑞加到了之后我就回了事务所。两个小时后，克瑞加回来了，我们一起算清了账目。他手下有十根花草，四棵草，六朵花，通常每天招待5 个客人，每个带来3 个帝国金币的进账。这些人每天挣4 个帝国金币，每天的伙食费大概是9 个银球，或者说半个金币。他还有个每天拿8 个帝国金币的全天候打手，其他杂项开支大概又占一个帝国金币。

每根花草每周都有一天休假，所以这地方每天的平均收入是135 金币。每天的支出是51 金币，因此日平均利润应该在85 左右，每周五天（东方是七天一周，我也不清楚这是为什么）就会带来425 枚金币的利润，其中经理可以抽走25% —— 大概一百出头。这就意味着我每周应该见到320 多枚金币，我现在拿到了328 枚，混了些银币，还有点儿铜板。我已经满意了。

更让我满意的是，一个多小时后，剩下的那些人带着收入纷纷露面。他们的说辞不约而同："抱歉，老大，我给耽搁了。"

我的回答也基本一致："别再耽搁了。"

到那天结束时，我收了2500 多枚帝国金币。当然，我要从中支付克瑞加——我的秘书——还有打手们的薪水，不过最后也给我剩了两千多，其中一半

要上缴给多洛南，另外一半我可以自己留下。

对此我没有丝毫不快。对一个习惯了当牛做马开家餐馆一星期挣8 金币的东方孩子来说，多一千金币就很不错了。我真奇怪为什么没有早点来做这个营生。

我接下来几个月要做的重要事情只剩下了一件，去买一间经营麻醉品和迷幻药的小商行，借此掩饰我的生活方式。我雇了个会计，他把每件事都做到表面上很不错。然后又雇了几个打手，我得为我手下这些经理人或是想要横插杠子的愣头青带来的各种可能的麻烦做好准备。

我要他们做的主要工作被我称做“巡视”，工作内容就如名字所说的那样——巡视我们的邻居。这样做的理由是这位邻人很受年轻恶棍，主要是虎鲸家族那些家伙的欢迎。那些家伙经常四处游逛，寻衅滋事。不去拦路抢劫泽鼠——城市居民中的大多数——时，这些孩子基本上都一文不名。他们到这儿来一是因为这儿紧挨着码头，二是因为泽鼠都住在这儿。“巡视”任务就是要找出这些蠢货，然后把他们踢出去。

我日渐成熟，又收集了不少那些“收割胡须佬”的家伙（他们大多都是虎鲸家族的）的罪状，于是，我对打手们下达了直截了当的指示，明确告诉他们下次抓到那些家伙中的任何一个后要做些什么。这一指示得到了贯彻，三周不到，我的辖区就成了亚德里兰卡入夜后最安全的地方。我们也会散布谣言——你知道，譬如说深更半夜带着一包金子的处女之类——到后来我自己都快相信这些东西了。

我出名了，四个月后，生意方面的增长足够雇额外的打手了。

那段时期内，我偶尔也会为了增加现金补给或是显示我还能做这些事情而“干活”。但是，正如我所说的那样，现在没什么事情会叫我们担忧。

然后，我的好邻居，拉里斯，告诉我为什么我没有更早开始这个好营生。

我试图结束那场赌局，最终却以当街呕吐告终那天的第二天，我派克瑞加去找与拉里斯一同工作或是认识他的人。其间我在事务所周围消磨时间：扔飞刀，和我的秘书交换笑话（“磨一把剑需要几个东方人？四个。一个拿着剑，三个搬磨刀石。”）。

克瑞加在中午之前就回来了。

“你找到什么了？”

他打开一个小记事本，迅速浏览着。

“拉里斯，”他说，“以网罗龙迦城放债人起家。他花了大概三四十年的时间在这上头，然后打通了一些关系，并且开始做他自己的业务。他四处网罗的时候偶尔也‘干活’，作为工作的一部分。”

“他在一个放债人那儿过了大概六十年的体面生活，一直到亚德隆天灾和空位期为止。然后他退出了人们的视线，如同其他人一样。一百五十年前，他在亚德里兰卡向东方人兜售龙蜥头衔，重新被人们注意到。”

我打断了他：“他有没有可能是那个人——”

“我不知道，弗拉德。我也想到了这点——关于你父亲——但是我还没查清楚。”

“没关系。继续。”

“好的。大约五十年前他到了韦罗克手下充当打手，看起来他‘干了一小段时间活计’之后，就直接在韦罗克手底下运作一小片地区。二十年前，韦罗克接管了钩子珂唐，剑手开路——”

“这以后的我都知道了。”

“好。那现在干吗？”

我仔细思考着：“他从来没遭受到任何实际的挫折，是吧？”

“从来没有。”

“他也没有控制过一场战争吧。”

“不尽然，弗拉德。我听说他基本上亲自操纵了针对钩子的火并，这也是韦罗克把这块地区移交给他的原因。”

“但如果他只是个打手，那么——”

“我不知道，”克瑞加说，“我觉得应该不仅仅是这样，但我也不确定那到底是什么。”

“嗯。他有可能在那时还运作着另外一块地盘吗？在幕后操纵，或是别的什么。”

“有可能。或者他在韦罗克的默许下还有些个夜总会。”

“那个，”我说，“我觉得难以置信。剑手真是个狗娘养的混球。”

克瑞加耸耸肩：“我听到传言说拉里斯曾经要把钩子的地盘作价卖给他，如果他运营得了的话。我试着去核实过，但是再没有人听过这件事了。”

“你从哪儿听来的？”

“一个自由雇佣打手那儿。他叫伊斯特凡，曾经在战争中为拉里斯卖过命。”

“伊斯特凡？东方人？”

“不，只是个有东方名字的家伙，就像马里奥。”

“要是他像马里奥，那我就想要他！”

“你知道我的意思。”

“对。好了，传个话给拉里斯，说我想跟他见上一面。”

“他会想要知道地点在哪儿。”

“没错。看看他辖区里面有没有家好餐馆，地点就定那里好了。时间的话，明天中午就行。”

“了解。”

“派几个这儿的打手过去，我会需要保护的。”

“好的。”

“行动吧。”

他照办了。

“喂，头儿，这个‘保护’怎么回事啊？”

“什么怎么回事？”

“你有我了，对吧？那你还要那些其他的小丑来干吗？”

“为了安心。睡觉去。”

有一个自从我接管这片地区就一直跟着我的打手，名叫“治疗者纳尔”。他名字的由来，可以先讲一个故事：有一次去收一个克瑞欧萨贵族的逾期欠款，他和他的搭档去了那个贵族住的公寓，敲敲门，然后问里头要钱。那家伙却在里面喷着鼻子叫嚣：“凭什么？！”

纳尔拎着锤子上前一步。“我是个治疗者，”他说，“我看你有个完整的脑袋，我可以给你好好治治。”那个克瑞欧萨明白了，于是纳尔拿到了钱。他的搭档把这个故事四处传播，这个称号也就随之固定下来。

总之，我叫克瑞加派出信差后，过了两个钟头，治疗者纳尔走了进来。我就他的业务随口聊了几句。

“克瑞加叫我来传话。”他说。

“噢？你得到答复了？”

“对，我见到了一个拉里斯的人，把话传给他。传回的消息说他蛮好相处的。”

“非常好。现在如果克瑞加出现的话，我们就可以找到……”

“我就在这儿，头儿。”

“呃？噢。白痴。你迷路了，纳尔。”

“我在哪儿？”他一边说，一边朝门外探头。克瑞加轻轻地一脚把门踢上，大踏步走出来。

“他提议去哪儿？”我问。

“一个叫‘露台’的地方。那可是个好地方，进去的人花不掉一个金币都出不来。”

“我还付得起。”

“他们做的胡椒香肠很垃圾，老大。”

“你怎么会知道？”

“我偶尔会去刨刨他们的垃圾堆。”

问了个蠢问题……

“好，”我接着问克瑞加，“你安排好我的保镖了吗？”

他点点头：“两个，瓦格和特梅克。”

“他们会好好表现的。”

“此外，我也会在场。只需稍微保持安静和警惕，我怀疑它可能都不会注意到我。”他得意地笑着。

“够好了。还有建议没？”

他摇头："这方面我跟你一样是个新手。"

"好，我会尽力的。其他的生意呢？"

"都没问题。一切照常，运行顺畅。"

"但愿一切保持正常。"我说着，指节轻轻敲打桌面。他看着我，一脸困惑。

"一个东方习俗，"我解释说，"人们期望能借此得到好运。"

他看起来仍然很困惑，但什么都没说。

我掏出一把匕首，开始抛弄它。

瓦格是个比我还要凶险的家伙，他浑身散发着危险的气息——就是那种一看见你就会把你杀掉的家伙才会给人的感觉。他跟克瑞加身材相仿，都有点矮；一双吊角眼，表明他有几分玄虎血统。他的头发比大多数人都要短，颜色很深，后脑勺打理得很顺滑。和他讲话的时候，他会完全控制住自己不乱动，不做任何无关的手势，还会用他眯缝着的浅蓝色眼睛紧盯着你。除了扁人，他从来都面无表情。那时候他的脸会扭曲成我所见过的最逼真的龙蜥式冷笑，而他满溢的憎恶之情足以吓得一群泽鼠夺路而逃。

他一星半点的幽默感都没有。

特梅克又高又瘦，从他身侧走过时，你几乎看不见他。他有一双深邃的棕色眼睛，眼神友善可亲。他还是个武器大师：斧头、手杖、匕首、飞刀，任何一种剑、手里剑、飞镖……他都能往上面淬毒，还有绳索，甚至于一张活见鬼的烂纸在他手中都可以成为杀人利器；而且，他还是一位相当出色的龙蜥巫师，游离在婊子巡逻队——左手会之外。他也是唯一一个我完全了解，100% 信任的打手，"活计"做得都很完美，因为是克瑞加在我的命令之下给他这份工作的。

在跟拉里斯的那桩生意开始前一个月，某位玄虎领主向我手下的某人借了一大笔钱，而且拒绝偿还。这位玄虎领主，你可以称他为"命中注定的伟人"；玄虎议会将他看做英雄，而且他也多次赢得了这一称号。他是个法师（和巫师有些相似，只是数量更多），而且在使刀弄剑上也占了不少优势。因此，他料定如果他不还钱的话，我们也不会有任何动静。我们派人去找他讲理，他却蛮横地把他们都杀了。复活其中一个的费用的一半（自然，放债人要支付

另外一半）就花了我1500枚金币；另外那个不能复活的家伙，给他家属的抚恤金又花了我5000。

到现在，我觉得那笔钱已经不重要了；而且，我们一次就失去了一位朋友。总而言之，我愤怒了。我告诉克瑞加："我不想再让这颗老鼠屎污染这个世界了，给我走着瞧。"

克瑞加告诉我他雇了特梅克，并且付他3600枚金币的报酬——强大到这个水平的玄虎已经是个相当不切实际的目标了。嗯，四天后——四天，要注意，不是四周——有人用一根长矛把这位英雄领主的头从后面对穿钉在了墙上，脸贴墙面。同样地，他的左手不见了。

等帝国方面来调查时，他们都注意到了他的手因为自己的法杖爆炸而被震飞，这也解释了他的防护法术失效的原因。调查员耸耸肩，说："是马里奥干的。"特梅克压根没有被询问。

于是第二天我就找来特梅克和瓦格，并让他们关上门坐下。

"先生们，"我解释说，"我要去一家名叫'露台'的餐厅几个钟头，去和某位先生吃饭并且谈点事情。他有可能会对我进行身体伤害，你们得防止这种事情发生。明白了？"

"明白。"瓦格说。

"没问题，头儿，"特梅克说，"他要想试试看，我们就把他切成一片片的。"

"很好，"这正是我想要的谈话，"我还需要陪同往返。"

"好的。"瓦格说。

"不额外收钱。"特梅克说。

"我们十二点差十五分从这儿出发。"

"我们会到的。"特梅克说。然后他转向瓦格："要先去踩点不？"

"要。"瓦格说。

特梅克转回来看着我："要是我们没按时回来，头儿，我的女人住在'公羊与孩子'那儿，她有件给东方人的东西。"

"你真是太好了！"我对他说，"解散。"

他离开了。瓦格眼睛低垂，轻扫过地板——这是他习惯的鞠躬方式，然后他跟在特梅克身后离开了。门关上后，我数到三十，慢慢地数，然后穿过我的接待处，走到大街上。我看见了他们远去的背影。

“跟上他们，洛尤希，保证他们照之前许诺的那样做。”

“你在怀疑，对不对？”

“不是怀疑，是妄想症。快去。”

它去了。我跟着它走了一段路，然后折回去，坐在椅子上，拿出一把放在桌子里的飞刀。我转向左边面对靶子，开始扔它们。

锵！锵！锵！

3

“拉里斯的泽鼠就是没有泽鼠”

“喂，头儿！让我进去。”

“进来吧，洛尤希。”

我溜达着走出事务所，进了商店，打开门，洛尤希落在我肩膀上。

“嗯？”

“和他们说的一样，头儿。他们走进去，仔细察看了门廊。瓦格站在那儿四处张望，特梅克要了杯水。就这样了。他们没有聊天，看起来也不像是在心灵沟通的样子。”

“好的，很好了。”

然后我回到事务所。通过连接从帝国钟那儿查询时间，然后发现我还有一个多钟头——在开始做生意之前有整整一大段等待时间。

我靠着椅背，脚架在桌子上，盯着天花板看。天花板是木板条做的，以前刷过漆。要是花30金币弄个保存法术上去，可以保证至少20年内油漆新鲜如初。可是“天主”没这么干。现在上面的油漆呈现一片病态的白色，有不少起翘脱落的地方。一个恐枭可能会把这当做一种象征，不过幸运的是这儿没有恐枭。

然而不幸的是，东方人通常都是迷信的傻瓜。

“头儿？瓦格和特梅克。”

“让他们进来。”

他们进来了。“到点了，头儿。”特梅克说道。瓦格只是看着我。

“好，”我说，“我们走。”

我们三个离开了事务所，走进商店。我领头朝门口走过去时……

“*稍等片刻，头儿。*”我认识这个心灵感应的语调，于是我停住了。

“怎么啦，洛尤希？”

“我打头。”

“呃？哦，完全可以。”

我站到一旁，正想要叫瓦格开门的时候，他已经这么做了。那让我有点在意。洛尤希飞了出去。

“警报解除，头儿。”

“好的。”

我点点头，瓦格第一个走了出去，然后是我，最后是特梅克。我们往左转，沿着铜巷慢慢走着。我的祖父，当年他教我东方剑术的时候，就警告我提防被阴影搞得心烦意乱。我告诉他：“阿爷，帝国周边是没有阴影的，天空总是……”

“我知道，弗拉季米尔，我知道。别被阴影搞得心烦意乱，精力集中在目标上。”

“好的，阿爷。”

我不知道为什么会想起这个，就想了那么一会儿。

我们到了马拉克广场，绕着它转向右边，朝下基兰路走去。我在敌人的地盘上，看起来就跟在自己家差不多。

在一个转角，缀点路从西南边插入，与下基兰路交会。过了这个路口，左转，有一家坐落在鞋店和小旅馆之间的低矮石屋。街对面是一幢三层楼房，被分割成了6 层。

那幢小屋离路大约40 英尺，有一个放了十几张桌子的露台。四张桌子有人，我们忽略了其中的三张，因为它们旁边坐的都是女人和小孩。而第四张

桌子，紧挨着门，旁边坐了个男人，他穿了灰色和黑色的龙蜥家族服饰，就跟穿了个标志上面写着“打手”的衣服一样。

我们注意到了他，然后继续往前走。瓦格先进去，我们在外面等着。特梅克公然环视了一圈，看起来好像一个站在帝国宫廷里的旅行者一样。

瓦格走出来，点点头。洛尤希飞进去，落在一个空隔间的后面：“看起来挺好的，头儿。”

我进去了，但刚走进去几步就停了下来——我得让眼睛适应一下室内昏暗的灯光。我也想转身用最快的速度逃回家，但我没有这么做，只是做了两个深呼吸，然后走了进去。

身为邀请人，挑桌子的权利也就在我。我找了一张背靠墙的桌子，坐下之后我可以监视整个房间（我注意到有两三个或者更多拉里斯的人在这附近活动），瓦格和特梅克在15英尺开外找了另一张桌子坐下，这样我就能清晰地看清他们的举动，不过他们刚好坐在我听力范围之外。

刚到正午，一个中年（也就是说差不多一千岁）龙蜥走进了房间。他中等个头，体重也只是平均水平，脸上没有任何特征。他别了一把中等大小的重刀在身侧，披一领长斗篷，没有丝毫迹象表明他的刺客身份。我也没看见他的衣服有下面藏着武器的鼓包，他的眼睛不像一般刺客那样转来转去，他也不像我或者其他刺客那样时刻保持蓄势待发的状态。然而——

然而他又有些别的东西：他是那种难得一见的、浑身散发出力量的人；他的眼神坚定而冷酷；双臂轻松地垂在身旁，斗篷甩到后面，双手看起来再普通不过，但我知道自己还是对它们心存畏惧。

我是个刺客，正努力想要成为一个头领。拉里斯也许“干过”一两票，但他已经是头领了。他操纵管理着龙蜥生意，善待手下的人，并会唤起他们的忠诚，从他们经手的每一件事中抽走每一个铜板。要是事情走向不对，我可能宁愿去找拉里斯而不是塔基－恰特[1]，跟他合作肯定能把每件事情都处理好。这真惭愧。

他滑进我对面的座椅里，微微鞠躬，热情洋溢地微笑着：“塔托希准男爵，多谢您的邀请。我不常来这儿，不过真是个好地方。”

我点点头："这是我的荣幸，大人。我听人们对这儿的评价很高，而且据说管理也很完善。"

他报以微笑，与我心照不宣，微微点了一下头作为对这个称赞的回报："我听说您对餐馆经营也有些了解，准男爵。"

"请叫我弗拉德。是的，知道一点，我父亲——"

我们被侍者打断了。拉里斯说："这儿的胡椒香肠特别好。"

"你知道，头儿，我……"

"闭嘴，洛尤希。"

"那我听你的。"我告诉侍者："两份，谢谢。"然后转回去看着拉里斯："再来瓶红酒，我想，大人，是不是——"

"拉里斯。"他更正了我的说法。

"拉里斯。是不是来瓶卡弗伦？"

"那真是太好了。"

我朝那个打手 —— 不好意思，那个"侍者"——点点头，他鞠了一躬，走了。我对拉里斯露出一个尽可能热情的微笑："这地方运转得还真好。"

"你这么想？"他说。

我点点头："很安静，有一个不错的稳定顾客群 —— 这一点非常重要，你知道。有了一群老主顾之后，这地方就能保持很久的生意了，对吧？"

"我听说，是空位期以前就开张的了。"

我点点头，就好像我一直都知道一样。"现在有些人，"我说，"想要扩大这里—— 你知道，再加一块地方，或者添一层楼—— 但是为什么？像现在这样，已经能过得很好了。我跟你打赌，要是他们真的扩大了这里，用不了五年这儿就得关张。但有些人就是不能明白这一点。这就是我羡慕这地方所有者的原因。"

拉里斯坐着，嘴角带着一抹玩味的笑意听着我的独白，不时点点头，他知道我在说什么。差不多在我讲完的时候，服务员带着红酒过来了。他把酒递给我打开，我倒了点给拉里斯，看他是否满意。他神情严肃地点点头，我倒满了他的杯子，然后是我的。

他把酒杯举到和眼睛平齐的高度，看着杯中的红酒，微微转动着杯脚。卡弗伦红酒是全发酵酒，我猜想恐怕没有什么光线能够照进去。然后他放下酒杯看着我，向前探过身来。

“我能说什么，弗拉德？有些人已经为我工作了很长一段时间，其中有一个还帮我维持这个地区的秩序，一个很不错的人。他跑来找我，跟我说：‘嘿，头儿，我能开个赌场吗？’”

“那我该怎么对他说，弗拉德？我不能对这样一个好人说不，对不对？但要是我把辖区里的某块地盘给了他，就等于分割了老伙计们的利益，这对他们而言不公平。所以我稍微观察了一下周围：你只有两三个赌局，而且还有其他丰厚的进项。所以我决定了：‘嘿，他根本不会注意到的。’”

“我知道了，本来该先找你核实的。我向你道歉。”

我点了点头。我不太确定我到底想要什么，但肯定不是这一个。我告诉他扩张到我的地盘上来是一个错误时，他解释其实他什么都没做—— 只是给某个旧交好一个小礼物而已—— 来反驳我。我要不要相信？还有，如果真是如此，那我要不要让他带着他的‘小礼物’滚出去？”

“我了解了，拉里斯。不过，如果你不介意的话，我还想问问：下次再有这样的事情我要怎么办？”

他点点头，好像早就料到了这个问题：“当我的朋友告诉我你造访了那个地方，而且显得对此相当不高兴的时候，我就意识到我做了什么。收到你的邀请后，我曾经试图向你措辞道歉。为了将来 —— 嗯，弗拉德，要是这种事发生了，我保证我会先跟你谈清楚我要做的所有事情，我确信我们可以找出解决方案的。”

仔细考虑后，我点了点头。

“羊屎，头儿。”

“呃？你什么意思？”

“这个叫拉里斯的泽鼠就是没有泽鼠，他把某人送进你的地盘时完全知道自己在做什么的。”

“对。”

正在此时我们的胡椒香肠也端上来了，拉里斯——还有洛尤希——都说对了：做得非常好。配了绿米饭浇上起司酱，旁边还摆了一枝欧芹——就像东方餐馆那样做的；不过他们用黄油、柠檬汁和某种红坚果利口酒把它炒了一下——效果相当不错。胡椒香肠里塞了羔羊肉、牛肉、凯斯纳肉，还有—— 我认为是 —— 另外两种猎禽的肉；里面还有黑胡椒、红胡椒、白胡椒和东方红胡椒（我一直认为这东西能带来特别的好口味）。香肠热辣得好似维拉的舌头，而且相当美味。浇在米饭上的起司酱相比香肠显得过于细腻了些，但火候恰到好处，加上一些红酒也会让味道变得更加浓厚。

吃饭过程中我们都没有说话，这正好给了我一些时间把每件事情都考虑一遍。要是我让他保留这个赌场，那如果他想要更多该怎么办？做他的跟班？如果我不让他保留这个赌场，那我能在一场战争中稳住脚跟吗？也许我该告诉他我支持他的做法，以此赢得准备时间，然后在他试图走另一步棋时好对付他？可那不也同样会给他时间来准备么？不，他恐怕早就准备好了。

最后想到的这一点还真叫人泄气。

拉里斯和我在同一时间推开盘子。我们研究着对方：我看到一个龙蜥头目一切特征的缩影 —— 狡诈、贪婪以及彻头彻尾的冷血无情；他看见一个东方人—— 矮小、短命、脆弱，但也是个杀手以及这名号暗示的一切内容。如果他对我没有哪怕最少的一丁点担忧，那他真是个蠢蛋。

但尽管如此……

我突然意识到，不管我如何选择，拉里斯都会致力于接管我的生意。我的选择只有对抗或屈服。我对屈服没什么兴趣，这只能暂时平抑冲突罢了。

但我仍然不知该何去何从。如果同意这个赌场的运营，就有可能给我赢得一些准备时间；如果把它关了，我可以向我手底下的人证明我不是那种可以随便玩弄的人—— 我计划借此巩固我所拥有的一切。到底哪个更重要些？

“我考虑过，”我慢慢地开口，“我可以保留—— 还要酒吗？请允许我再来点。—— 我可以保留你的朋友在我辖区内的经营，抽头 10％ 如何？总收入的 10%？”

他的眼睛微微瞪大了一点，然后笑了：“抽头 10％？呃，我还从来没想到

过这个解决方案。”他的笑容逐渐扩大，空着的手猛地一拍桌子：“相当好，弗拉德。成交。”

我点点头，举杯致意，然后啜饮了一口：“太棒了。如果这次处理好了，那也就没什么理由妨碍我们扩大这个试验了，嗯？”

“完全正确！”

“好的，我会在周末中午前两个小时，在事务所里等你的钱送来。你知道我事务所的位置，对不对？”

他点头。

“好。自然，我相信你的会计。”

“谢谢。”他说。

我举起酒杯：“为了我们长久互利的合作关系！”

他举起了杯，两个杯子的杯口碰了一下，上好的水晶杯发出清脆的叮当声。我很想知道一年内我们两人中到底谁会死。我啜饮着杯中满满的干红，享受着它的美味。

我回到自己的书桌后面，倒进椅子里。

“克瑞加，赶快滚进来。”

“来了，老板。”

“特梅克。”

“是的，老板？”

“去找纳瓦恩、光虫、维伦还有米拉甫恩，要他们五分钟后到这儿来。”

“我走了。”他传送走了，就是一眨眼的工夫。

“瓦格，我要他们中的两个来当贴身保镖，谁合适？”

“维伦和米拉甫恩。”

“好，现在哪里——噢，克瑞加，去找婊子巡逻队，我要给这栋建筑弄个传送结界。要个好的。”

“双向的？”

“不，只要把人挡在外面就好。”

“好的。出什么事了？”

“你他妈的觉得出什么事了？”

“噢。多久？”

“到周末为止。”

“两天？”

“差不多。”

“弗拉德，你要这些干吗？”

“快去！”

他拖着脚出去了。

没多久特梅克就带着光虫回来了。我不知道光虫的真名叫什么，不过他有一双清澈明亮、闪闪发光的蓝眼睛，爱好用长柄钉头锤。他完全是个令人愉快，几乎总是很快乐的人；但当他打算用钉头锤袭击某个客户时，那双眼睛里就如同尤瑞希狂热者一样燃烧着熊熊烈焰，而对方瞬间就知道该怎么做了——对，他大概会在某处找到钱的。

我突然想到：如果你从我这儿借了钱，然后还钱的时候慢了半分钟，就有六十五个恶棍爬进你家窗户会是什么情形。不，要是我们真那么做了，肯定要花钱雇佣比现在更多的保镖或是全职打手，更重要的是那些潜在的客户都会被轰走的。

我给你举个例子吧：大概一个半月前——八个星期吧，我觉得是——有个我的放款人来找我，说有人向他借了50 金币但是没能还清，这个放款人想就此算了，但我干不干呢？

“他怎么付？”

“五跟一。”他说，意思就是五金币一周的本金，在付清欠款之前每周加一个金币。

“头款吗？”

“不是，他付满了四个星期，但只付了三个星期的利息。”

“出了什么事？”

“他开了家裁缝店，在索罗姆还有家分店。他想试用一条新的生产线，但是专利费开口就要50，那条生产线——”

“我知道，还没推广。他这笔生意值多少？”

“可能翻个三四番吧。”

“好，”我告诉那人，“给他六周时间不用交利息。告诉他要是到时候还拿不出利息来，在把咱们的欠款还清之前，他就得有个新股东了。”

所以你看，我们也没那么坏。要是有人真有困难还在试着还款的话，我们会和他一起工作的。我们需要回头生意，所以也不会通过伤害他人的方式来赚取哪怕一个铜板。但总有些好开玩笑的家伙总觉得这种事落不到他们头上，或者一些大嘴巴想要显摆一下自己有多强硬，还有些黑街讼棍讨论着要去帝国。这些人做我的衣食父母——当然还有其他东西—— 做了三年多。

特梅克和光虫进来后不久，纳瓦恩也到了，他是个专家，也是极少数直接为我们龙蜥工作的巫师之一，大部分龙蜥巫师都是女性并隶属于左手会。他安静、内向，隐约有几分战龙家族的面貌特征：瘦脸颊，高颧骨，又高又挺直的鼻子，还有颜色深沉的眼睛和头发。他只在需要消解某人身上的防护咒语或是需要超视的时候才会被召唤。在这种时候，我可以和他联手对抗我所遇见的任何玄虎巫师，甚至是大部分的恐枭。

他们中有三个斜靠在墙上：特梅克双臂交叠，荒腔走板地用口哨吹着“听到你消息”，眼睛盯着天花板；纳瓦恩双手抱在胸前，紧盯着地板；光虫四处张望，似乎要找出如何为这地方设防的方法来。瓦格站得离墙有一段距离，一动不动，看着就好似某种介于雕像和一触即发的炸弹之间的东西。

这种沉默气氛开始变得不舒服时，克瑞加现身了：“明天，午后一小时。”

“好的。”

维伦和米拉甫恩一起走了进来，韦罗克雇佣他们的时候他俩就已经是一对好搭档了，到我这儿之后仍然保持着这种关系。尽管到目前为止我所知道的消息中，他俩都没有干过“活儿”，但是他俩却有着非常好的声誉。

维伦有点像恐枭，暗淡的灰蓝色眼睛，看起来情绪变化无常。站着的时候，他会像一棵老树一样微微地左右摇摆，两条胳膊也好像垂下的树枝一样软软耷拉在身体两侧；头发的颜色很浅，毛蓬蓬的。他看人的方式也很独特：高昂着头歪向一边，嘴角挂着一撇似是而非的迷离微笑，足以让你觉得脊梁

骨上一阵寒意上蹿下跳。

米拉甫恩身形巨大，身高超过八英尺，连莫罗岚站在他面前都会显得矮了一截。和大多数龙迦人不同，他浑身的肌肉大家都有目共睹；然而在正式场合，他就会显得很愚笨，脸上总咧着夸张的傻笑；每当要威胁一个人时，他就抓起对方，然后对维伦说："跟你赌，我会把这家伙扔得比上一个远。赌不赌？"

然后维伦就会走过来说："放下他，大伙计。他只不过跟咱们的朋友开了点小玩笑，是不是？"

那个人会完全同意，说他只是开了个很乏味的玩笑，接着就会为打扰了这两位绅士而道歉。

"梅勒斯塔夫！马上进来，顺手关门。"

他进来，然后关了门。我把脚翘到桌子上，看着他们这一群人。

"先生们，"我说，"咱们要干架了。运气好的话，有两天时间可以准备。从现在开始，你们都不能落单。你们都是袭击目标，所以赶紧习惯这点。你们每个人都会从我这儿接受直接指令，但现在，我只想让你们知道出事了，你们知道接下来会怎样结伴出行，尽可能多地待在家里，就这些。还有，你们中不管谁从另外那边得到命令，我都想要听到—— 这不仅仅是为了我。要是你们回绝了的话，你们就不仅仅只是个袭击目标了；我也会把这些事纳入考虑的。还有，顺便提一下，要是你们没有回绝，那就更加，完全不可能只是一个袭击目标了。记住我的话——你们不会想要乱来的，先生们，我会毁了你们。"

"还有问题没有？"

沉默了一会儿，特梅克开口了："他有什么？"

"好问题，"我说，"你跟纳瓦恩为什么不替我找出来呢？"

"我就知道撬不开你的嘴。"他沮丧地说。

"嗯，对。"我说道，"还有一件事——你们的工资翻倍了。但是为了付钱给你们，我们得再弄点收入才行；而要弄到收入的话，咱们就得维持这块地方的开放。拉里斯也许是冲你们来的，也许是冲我来的，也许是冲咱们的生意来的。我敢打赌三样都是。还有别的问题吗？”

没有回应。

“好，”我说，“最后一件事：现在，我悬赏五千枚金币要拉里斯的项上人头。我想你们都会利用这个机会吧。我没指望这次通缉会很容易解决，也不希望有谁在试图拿到它的过程中犯傻，导致自己被杀；但是如果你们找到了机会，就不要犹豫。”

“维伦和米拉甫恩留在事务所周围，其他人的话，就这么多了。滚吧。”

他们拖沓着脚步出去了，把我和克瑞加留在原地。

“我得说，头儿……”

“说什么，克瑞加？”

“薪水翻倍这个做法，合适？……”

“不合适。”

他叹了口气：“我也觉得不合适。不管怎么说，你的计划是什么呢？”

“首先，在明天这个时间以前，再找四个打手。其次，我们要研究出拉里斯的收入种类是什么，然后判断出如何才能伤到他。”

“好的。我们还供得起额外的打手吗？”

“供得起——短时间内的话。事情要拖太久的话，我们就得再合计点别的东西出来了。”

“你觉得他会给咱们两天时间吗？”

“我不知道。他可能——”

梅勒斯塔夫站在门口：“我刚收到报告，老板。有麻烦。聂拉那里。”

“什么麻烦？”

“我也不清楚。我就收到了半截消息，是求援，然后那人就被攻击了。”

我站起来，朝事务所外走去，顺路带上了维伦和米拉甫恩。

“老板，”克瑞加说，“你确定要出去？听起来好像——”

“我知道。跟在我后面，保持警惕。”

“好。”

“洛尤希，保持警戒。”

“我一直都很警觉的，头儿。”

4

“你认为我会失去你吗？”

亚德里兰卡城沿着龙迦帝国的南部海岸延伸开来，它大部分的面貌显得像一座中等规模的海港城市；而当龙迦城变成混沌海上的泡沫时，它成了帝国首都，就在四百多年前亚德隆差点就篡夺了王位的那一天。

亚德里兰卡和帝国一样古老，它是最近（照龙迦人的说法）在一座新帝国宫殿的基石上慢慢从一个小点发展起来的。在这里，数千个朝代前，征服者基兰会见了萨满巫师们，告诉他们可以随他们喜欢去任何一个地方，但他和他所有部落的军队会留下来，等着那些“东方的恶魔”。从那里，他走了一段漫长的路途，一直走到俯瞰大海的高高峭壁上才停下脚步。那些讲故事为生的人们传说他就站在那儿，一动不动，足足五天（因此龙迦历法每周五天），等着虎鲸部族的援军到达，他们许诺过，在东方军队包抄过来时，会赶来增援的。

那地方直到空位期之前都被称为“基兰岗哨”，此后，魔法导致悬崖崩塌坠入海中。我一直觉得那个故事很有趣。

顺便一提，告诉你们中的历史爱好者，虎鲸部族最终还是到了，很及时。但只是证明了他们的军队在陆战中一无是处，不过无论如何基兰最后还是赢得了战争，保住了龙迦帝国的基业。

对此还真是不好意思。

他走过的那条小径后来被称为基兰路，从新帝国宫出发，穿过市中心，过了码头，最后无声无息地消失在城市西边小丘中的某处。在某些地段，基兰路又被称做下基兰路，从某些不那么友好的邻居中间穿行而过。其中一段路旁，就有我父亲曾经营过的餐馆，他靠这个营生攒了一点钱，然后又全部浪费在了购买龙蜥头衔上。结果就使我成了帝国的公民，所以我可以知道现在几点了。

等我到了可以从我的职业（痛殴龙迦人）上领取报酬的年龄时，我的第一个雇主，聂拉，就在下基兰路上开了一家小商铺。照理说，他这家小商铺里卖的是迷幻药、麻醉剂还有其他一些巫术产品，但他真正的生意却是一场几乎终年不断的夏尔巴牌戏，他不知何故会一直忘记向帝国征税官通报这一收入。聂拉教给我凤凰守卫的工资体系（其实他们中的大部分都是战龙家族成员，你没办法用贵重物品向他们行贿，但他们像任何人一样爱好赌博，而且比绝大多数人更不愿交税）、如何安排组织的内部结构、如何从帝国征税官眼皮底下隐匿自己的收入，还有百多项其他细节问题。

当我从塔吉查手中接管这片地区时，聂拉突然转而为我工作，我开始运转这一区域后第一个来找我交钱的也只有他。后来，他放下麻醉剂生意，扩大经营范围，搞起了斯央石经营，随后又在楼上开了一家妓院。总而言之，这地方是我最大的单项收入来源。就我所知，他甚至完全没有萌生过与我分庭抗礼的念头哩。

走进那座被大火彻底烧毁的建筑，我与克瑞加并肩而立，聂拉的尸体躺在我们眼前。大火不是他死亡的原因：他的头骨整个儿凹陷下去了。洛尤希用鼻子轻轻蹭着我左耳。

过了好一会儿，我才说："安排一万金币给他的遗孀。"

"要我派人去告诉她吗？"克瑞加问。

"不必了，"我叹了口气，"我会亲自去的。"

又过了一会儿，在我事务所，克瑞加说："他的两个打手也在里面，其中有一个可能还有希望复活。"

"那就复活他，"我说，"还有找到另外那个的家属，看看他们有没有得到合适的补偿。"

"好的。现在呢？"

"妈的！现在呢？这些开支差不多就能把我掏空了，我最大的收入来源也没了。现在要是有谁提着拉里斯的脑袋进来，我都没钱付他报酬啦。万一复活失败了，我们还得付给那家伙的家属抚恤金，就是这些啦。"

"我们还有两三天呢。"

"妙啊！这种事还要持续多久？"

他耸耸肩。我转过椅子，朝墙上的靶子扔出一把匕首："拉里斯真他妈的太好了，克瑞加。我还没动，他就冲我开火了，然后就废了我。你知道他怎么做到的吗？我打赌他熟悉我经手的每一个铜板，包括我从哪儿弄到它，又怎么把它花掉；还有他那儿肯定有张单子写着给我工作的每一个人的名字，强的弱的都有。如果咱们能摆平这件事，我要建个我所见过的最好的间谍网，我才不管这会不会把我搞成个他妈的穷要饭的。"

克瑞加耸耸肩："如果我们能摆平的话。"

"对。"

"你觉得你自己搞得定他吗，头儿？"

"大概吧，"我说，"得花点时间。尽管，为这个，我得等到有报告回来才行，要花掉至少一个星期，多的话三个星期时间，才能开张。"

克瑞加点点头："这期间我们还需要有收入才行。"

我想了想："那么，好吧。还有一件事能弄点现款来，本来是准备压箱底用的，现在看来好像不太存得住了。"

"是什么，头儿？"

我摇了摇头："守在这儿。要是有紧急事件发生，就通知我。"

"好的。"

我拉开桌子左边最下面的抽屉，翻了半天才找出一把精巧结实的魔法匕首来，在地板上粗略地画出一个圆环，往里面写上几个记号，然后站到了中间。

“你为什么要整个儿都画出来呢，头儿？你又不用——”

“会有用的，克瑞加。待会儿见。”

利用和圣珠的连接，我到了莫罗岚城堡的庭院里，觉得一阵恶心。我不去看脚下，因为远在一英里下的地面风景，对于我现在的状况一点帮助也没有。我直直地盯着前方四十码外两扇对开的高大门扉，一直盯到我不再觉得恶心想吐为止。

我朝门走过去，走在莫罗岚的院子里就跟走在石板上完全一样，只是你的靴子不会发出声音，在你习惯之前，这都会让你感到很不安。离门口还有五步时，大门缓缓地打开了，缇尔达女士站在我面前，脸上带着热情洋溢的微笑。

“塔托希大人，”她说，“看到您一向让我非常高兴。希望您这次起码能和我们一块儿多待上几天，平时可是很难得看到您的。”

我向她鞠了一躬：“谢谢你，女士。不过这次恐怕只是个短期任务。我在哪儿能找到莫罗岚？”

“莫罗岚大人在图书馆里，大人。我敢肯定他见到您也会像我们这些人一样高兴的。”

“谢谢，”我对她说，“我自己认得路。”

“如您所愿，大人。”

和她的对话，几乎总是如此。她也会让你相信每次对话都会如此。

如她所说，我在图书室找到了莫罗岚。走进去的时候，莫罗岚正坐在桌后，面前放着一本打开的书，他用一段黑蜡烛上的细绳吊着一根玻璃管悬浮在空中。他抬头见我进来，就把玻璃管放到了一边。

“那是秘术，”我告诉他，“停手吧。东方人才用秘术，龙迦人用的是魔法。”我嗅了嗅空气，“此外，你用了罗勒，应该用迷迭香。”

“你出生前三百年我就是个技巧娴熟的术士了，弗拉德。”

我抽了下鼻子：“你还是应该用迷迭香。”

“书上没说清楚，”他说，“烧得相当严重。”

我点头：“你想要试着看哪里？”

“拐角而已，不过是个实验罢了。不过，请坐。我能帮你什么吗？”

我坐进一把加了厚垫的黑色皮面大椅子里，发现旁边的桌子上有一张纸和一支笔，于是我拿过纸笔开始写。我写的时候，洛尤希就飞到莫罗岚的肩膀上，莫罗岚一如既往地替它搔了搔头皮。洛尤希优雅地接受了这份好意，又飞回来。我把纸递给莫罗岚，他看了看。

“三个名字，”他说，“我一个也不认识。”

“都是龙蜥，”我说，“克瑞加可以帮你和他们中的任何一个取得联络。”

“为什么？”

“他们都很擅长保安措施。”

“你希望我帮你雇个助手？”

“不全对。我不在以后你可能需要考虑这些人中的一个。”

“你认为我会失去你吗？”

“从某种意义上来说，我觉得我可能会死的。”

他的眼睛眯了起来：“什么？”

“我不知道还有别的什么办法能把事情安排好，估计很快我就要死了。”

“为什么？”

“我被打败了。有人看上了我的地盘而我并不打算让他抢走，我想他会抓到我的，这就意味着我会死的。”

莫罗岚研究着我的脸：“他为什么能‘抓到’你？”

“他的资源比我的丰富得多。”

“资源？”

“钱。”

“噢，请你教教我，弗拉德。这种抓捕需要花多少钱呢？”

“呃？嗯哪，我估计差不多五千金币……每周，具体数字要看持续多久了。”

“我明白。那么有可能持续多久呢？”

“噢，一般来说三四个月，有时候会到六个月，九个月就是很长的一段时间了，到一年的话，就是非常长的时间了。”

“我明白了。我看，这次造访不是来秘密要求资金援助的吧。”

我假装大吃一惊：“莫罗岚！当然不是！要一个战龙领主支持一场龙蜥战争？我想都没想过！”

“很好。”他说。

“那么，这就是我来此的目的。我猜我现在也该回去了。”

“是的，”他说，“那么，祝你好运。也许我还会再见到你的。”

“也许吧。”我表示同意，朝他鞠了一躬，转身离开，走下楼梯，走进大厅，一直走到前门。我从缇尔达女士身边走过时，她微笑着，对我说：“打扰了，塔托希大人。”

“什么事？”

“我想您忘记东西了。”

她拿出一个大钱袋。我朝她微笑：“哎呀，对，谢谢你。我不该忘记的。”

“我希望我们能很快再见到您，大人。”

“基本上我认为你会的，缇尔达女士。”我说道，又朝她鞠了一躬。然后返回到院子里进行传送。

我到了事务所外的街上，然后立刻冲了进去。一冲进事务所里面，我就大喊克瑞加出来。

然后我把金币都倒在桌子上开始点数。

“神的狗屎啊，弗拉德！你都干了什么，清了战龙的金库吗？”

“只是一部分而已，我的朋友，”我数完之后对他说，“大概两万。”

他摇了摇头：“我不知道你是怎么办到的，头儿，不过我喜欢这样。相信我，我喜欢。”

“很好。帮我合计一下要怎么花掉它。”

那天晚上，克瑞加和七个雇佣打手取得了联系，并说服其中的五个为我工作一段时间。他做这些事情的时候，我找到了特梅克。

“什么事，头儿？我们刚开始。”

“我不管，到现在为止，你们都有些什么？”

“哈？什么都不多。”

“忘掉那个‘不多’吧。你有没有找到哪怕一个地方，或者一个名字？”

“那么，有一家相当受欢迎的妓院，在银匠街和立柱街那边。”

“具体在哪儿？”

“西北角，丛林鹰旅馆楼上。”

“旅馆也是他的产业吗？”

“不知道。”

“好的，谢了。加油干。”

克瑞加进来，向我报告第二笔收入时，我对他说：“稍事休息，去把纳瓦恩抓回来。要他停下现在手头的活——他在帮特梅克。只要够时间把银匠街和立柱街那里的丛林鹰旅馆二楼扫平就好，只是二楼而已。明白了？”

“明白，老板！看来我们要出动了！”

“以你的奖金之名我们要出动了。开工！”

我拿出一张纸来，开始划掉上面的一些笔记。我看看，给我的每桩生意设置一个持续两个月，针对直接法术攻击的防护需要花费……嗯哼。那就改成一个月好了。好了，这样我还剩下足够的钱可以作为他用。好极了。现在，我要——

“停下来，头儿。”

“唔？停下什么，洛尤希？”

“你在吹口哨。”

“抱歉。”

烧毁敌人的商行在龙蜥战争中并不常见，因为这开销很大而且很容易引起注意，两样都不是好事；但拉里斯却希望用漂亮的一击来消灭我。我的回应就是让他看到我不仅没有被打倒，而且根本都没有损伤一根毫毛。这当然是撒谎，不过可以挡住更多没头没脑的胡扯。

第二天早上纳瓦恩来报告说任务执行得相当完美，他为这个功劳得了一大笔奖金，得到的命令就是躺下休息一阵子。我和新来的打手见过面，给他们分派了任务，都是跟防御自卫相关的工作——我仍旧没有足够关于拉里斯动向的信息来告诉我如何才能伤到他，因此我只能先保护好自己。

早晨就这样相当平静地过去了。我推测拉里斯要基于昨晚的事件来重新考虑自己的定位问题，他可能甚至会为整件事情感到懊悔——不过，当然了，他现在已经陷得太深无法自拔了。

我想知道他下一步会如何攻击我。

午后一小时，一个术士很迅速地赶到了。我放了五百金币在她手心里，她走到街道上，举起手，专注了一小会儿，然后离开。五百金币就为了五秒钟的工作，这还真让我为自己的职业选择感到遗憾——基本上来说就是如此。

又过了差不多一小时，我出去了，带着维伦和米拉甫恩作保镖，去走访我手下的每一处生意。看起来没人注意到我。我希望这种平静能够持续，够特梅克收集数量相当的信息。这是件困难重重而且做起来有些盲目的事情。

这一天中剩下的时光都在紧张不安中度过了，但什么也没发生，第二天也是如此，除了婊子巡逻队里的各色巫师到我的每个地盘上去对它们加以针对魔法的防护，我的意思是直接的魔法攻击。假如说，有人让一个装满50加仑火油的罐子飘到一幢建筑楼上，点燃，然后把它扔下去，那就没什么方法能抵挡得住了。不过我雇佣的打手应该会察觉到这种事情的发生，还有时间来得及做些什么。

到最后，我砸了更多钱来雇佣一个全天候待命的术士。事实上，虽然雇佣她会带来额外的开支，但我早有了心理准备。

从特梅克那里得来的报告显示拉里斯所采用的手法大同小异，除此之外，特梅克还有点运气欠佳：每个人的嘴都出乎意料的紧。我让米拉甫恩带给他一袋帝国金币，用来撬开其中某几个人的嘴巴。

第二天，周末，和上一个周末似乎没什么两样，直到午后不久。我刚刚听到消息说保护聂拉时被杀的那个打手已经被成功复活了，突然——

“头儿！”

“什么事，特梅克？”

“老板，你知道那个在北加肖斯街外面工作的放债人吧？”

“对。”

“他们找到他了，就在他来你这儿的路上。死了。看起来是用斧头干的，

半个脑袋都不见了。我会把钱带来的。”

“操！”

“对，头儿。”

我一边用六种称呼大骂自己是笨蛋，一边告诉了克瑞加。我从未料到拉里斯会跟踪那些前来交款的人，他当然知道他们什么时候来交钱，从哪里出发；但这是一条很重要的不成文的龙蜥法律：我们从不互相偷窃。我是说，这种事情就从来没发生过，而且赌上我的各种东西，它以后也不可能发生。

但这并不意味着那些小老板就是安全的：世界上没什么理由说他们不可能被盯上，而且钱还会留在他们身上。

我足足咒骂了一轮之后，意识到还有些建设性的事情可以去做。我对这些小老板的了解都不够多，没办法和他们进行心灵感应，不过——

“克瑞加！梅勒斯塔夫！维伦！米拉甫恩！进来，速度快！我要锁门了，坐拢点！分配好生意，立刻传送到他们那里去，叫那些还没交钱的不要离开，我稍后会安排对他们的保护。现在，赶紧去。”

“呃，头儿——”

“什么事，梅勒斯塔夫？”

“我不会传送。”

“该死。好吧，克瑞加，你代替他。”

“了解，头儿。”

一阵传送卷起的湍急气流撞得我耳朵里砰砰响，然后，我和梅勒斯塔夫被单独留了下来。我们俩互相看着对方。

“我猜这个生意上我还有很多要学，呃？”

他给了我一个虚弱的微笑：“我猜也是，头儿。”

除了一个人，他们都准时到了。迟到的那个，同样地，也被杀了，不过又复活了。他带来的钱刚好支付了他的复活费用。

我没再浪费时间，很快和维伦以及米拉甫恩取得联络告诉他们立刻回来。他们照办了。

“坐下。好了，这个袋子里装了三千枚帝国金币，我要你们两个查清楚他

们计划在哪里清除掉荷诺克——他开的妓院就在这条街上。找到刺客的位置，并且抓到他。我不知道你们以前有没有“干过”，不过我也不在乎这个；相信能胜任这份工作，如果不能的话，就告诉我。那里可能只有他们中的一个，如果超过一个的话，抓一个回来就可以了。要是你们愿意，可以让荷诺克作诱饵；但得在我们通常的交货期限前，你们只有一个小时的时间。过了这个时间，他们就会起疑心了。你们要不要接这份工作？”

他们互相看了看，并且，我推测，进行了一番心灵感应交谈。维伦转过身来看着我，点点头。我把钱袋递过去给他。

“那么，去吧。”

他们站起身来，传送走了。这时候，我才注意到克瑞加已经进来了。“嗯？”我问他。

“我都去了，安排他们过两天来交钱，除了塔恩。他会传送，随时能来。”

“好的。我们又成穷光蛋了。”

“什么？”

我向他解释我都做了些什么。他看起来有些怀疑，然后又点了点头：“我猜你做得对，这是我们能做的最好的事情了。但我们还在受伤，弗拉德，你有没有可能从弄来钱的那地方再多弄点来？”

“我不知道。”

他摇了摇头：“我们学得太慢了，他总是在我们前头。不能再这样下去了。”

“看在巴伦的伤上，我当然知道。但我们还能怎样？”

他移开了目光——他也想不出比我更好的点子来。

*“别那么焦躁，头儿，”*洛尤希说，*“你要想点别的。”*

我真高兴还有人如此乐观。

5

“对一个刺客来说，你还真是个可人儿”

有个在你看来很消极的想法：似乎我的每个朋友，都曾经差点儿把我给杀了，譬如莫罗岚。当他决定雇我做一项工作之后，我基本上就不可能在三个星期中照常运作我自己的辖区。现在，我不再为组织以外的人工作卖命了。我的意思是，我为什么要这么做呢？如果我被抓了他们会不会把我赎出来？我能相信会，他们付给我合法的酬劳，去贿赂或者威胁证人，还有，最重要的是，闭紧他们的嘴巴吗？完全不可能。

但是，出于某些原因莫罗岚需要我，他找到一种独特的方式来雇佣我，让我心里对他充满敬佩。我则是用相当热情的方式表达了我的敬意，因此莫罗岚差点用他的“黑杖”——将近有整整一支步兵团的力量都藏在那把魔甘提剑里——把我的脑袋给砍下来。

不过这些事情都过去了。最后，莫罗岚和我成了好朋友，相当要好。事实上，他，一个战龙领主，给了我一笔贷款让我在一场龙蜥战争中坚持下去。不过要是三天内他还得这么再来上一次，我们还会是那么好的朋友吗？

恐怕不会。

这是我的亲身经验：如果事情看起来暗淡透顶，那么它还会继续暗淡下去。

“我猜今天是我专门为消极想法作准备的一天，洛尤希。”

“我明白，头儿。”

我从居住的寓所传送到事务所所在的楼房外的某处，然后不等肠胃的反应平息就走了进去。维伦早就站在街上等着我，米拉甫恩则站在门边。

“进展如何？”我问他俩。

“完成了。”维伦说。

“好的。在这之后，你们俩大概想要避两三天风头吧。”

米拉甫恩点点头，维伦耸耸肩。我们三个走进商店，穿过店堂，走进事务所的套间里去。

“早安，梅勒斯塔夫。克瑞加在吗？”

“我没看见他。不过你也知道。”

“对。克瑞加！”

我走进事务所，发现没什么留言等着给我。不管怎么说，这表明没有新的灾难。

“呃，头儿？”

“什——？早上好，克瑞加。没什么新鲜事，我看见了。”

“对。”

“特梅克那边有消息吗？”

“纳瓦恩回来跟他一块儿工作了。就这些。”

“好，我——”

“头儿！”

“特梅克！我们刚刚说到你。有什么事吗？”

“不全然。不过听好了：我在巡视陶市街和缀点路，顺便逛了一下这家小克拉瓦洞来听听人们闲扯。然后这个老泽鼠就朝我过来，我以前从来没见过这家伙，明白吗？然后他说：‘告诉你们老大，琪拉有东西要给他。一个小时后在‘蓝焰’的密室碰头，把这些话转告他。’”

“他站起来，然后就往外走。我跟在后面，距离不到十步远，但是我刚追出来他就不见了。总之，就是这样子。我怀疑这可能是个圈套，头儿，不过

——”

“什么时候的事？”

“大概20分钟前。我一边找那个人，一边跟你联络。”

“好的，谢了。回来工作吧。”

我合拢双手，考虑着这个事情。

“怎么了，弗拉德？”

我把那段对话复述了一遍，他说：“琪拉？你认为他说的是不是小贼琪拉？”

我点头。

“这必然是个圈套，弗拉德。为什么要——？”

“琪拉跟我是老朋友了，克瑞加。”

他一脸震惊：“我还不知道呢。”

“太好了。那么机会来了，拉里斯没有还手之机，而且听起来对方还很坦诚。”

“要是我的话会小心点，弗拉德。”

“我也打算这样。你能找些人到那边吗？马上去，检查一下。然后设置一个把人拦在外面的传送结界。”

“当然可以。你说的是哪儿？”

“‘蓝焰’，它就在——”

“我知道。嗯，你一年半以前在那儿‘干过’，对吧？”

“你从地狱的哪一层听来这些东西的？”

他给了我一个神秘莫测的微笑：“还有些其他东西。”

“哈？”

“那业主给咱们投了一百五，我敢打赌他是真心想要合作，只要我们恰当地和他接触的话。”

“我想知道琪拉知不知道这个。”

“也许吧，头儿。她么，就像大家说的那样，四处转悠。”

“对。好了，我们已经耽搁五十分钟了，去干活吧。”

他离开了。我啃了一阵子拇指。

“嗯，洛尤希，你怎么想？”

“我觉得这挺直白的。”

“为什么？”

“感觉。”

“嗯哼。那么，既然你的职责就是凭感觉的话，我猜我就得跟着这种感觉走了。不过要是你错了，他们杀了我，那我就会对你相当失望。”

“我会记得的。”

米拉甫恩第一个踏出去，紧跟在洛尤希后面，然后是维伦。我接着出去，后面跟着瓦格和光虫。洛尤希在高处盘旋着，然后慢慢靠近我们的头顶。

“警报解除，头儿。”

“好的。”

不过是为了走过一小段街区而已。

“蓝焰”坐落在两座仓库之间，好像是要把自己藏起来似的，我们抵达时，光虫先进去。然后他走出来，点点头，洛尤希和瓦格跟在后面进去，我跟在他们后面。店堂里面的光线看起来太过昏暗，不过也够看清楚了。两面墙边各有四个隔间，正中央放了两张四人桌，它们中间又放了三张双人桌。远处的一个隔间里，面对着我的，是个叫萧恩的龙蜥人，克瑞加雇了他。

萧恩是个几乎什么都能做的自由佣兵，而且是什么都做得好的那种类型。他个子矮小，大约六英尺六英寸高，体格健壮；头发光亮乌黑，和瓦格一样。他靠力气挣钱，做些小笔的强制贷款生意，也做点“清道工作”，有时候还开一下夏尔巴牌局——有那么一两次，他几乎就统统做了。有些时候，他也暂时作为组织联络员在帝国宫廷内工作。当然也“干活”——事实上，他是我认识的比较可靠的刺客之一。如果他不是那么沉溺于赌博，或者他能做个更好的赌徒，那么好几年前他就可以引退了。我很高兴他站在我们这一边。

单独坐在另一边双人桌旁的是个叫做齐莫夫的小伙子（约莫三百岁），他加入组织还不到十年，不过已经“干过”不下两次了，被认为成绩蛮不错的。（我能做得更好，但我是个东方人。）他的直发乌黑，剪成齐耳朵的长度，打

理得很清爽，脸庞锐利的棱角带着隼鹰家族的特征。他说话不多，龙蜥人认为这对他这个年龄的人来说非常有益。

总而言之，在我悠闲自得地走进密室时，感觉受到了全方位的保护。维伦、米拉甫恩还有洛尤希都在之前彻底检查过这里。房间里有一张又大又长的桌子，十把椅子，此外空空如也。

我说："好了，你们俩，走吧。"

维伦点点头。

米拉甫恩的表情显得有些怀疑："你确定，头儿？"

"确定。"

他们离开了。我坐进其中一把椅子里等着。房间里仅有的一扇门紧闭着，也没有窗户，这座建筑周围还有传送结界。我非常想知道琪拉会从哪里进来。

两分钟后，我仍然很困惑，但只是纯粹理论上的困惑而已。

"早安，弗拉德。"

"见鬼，"我说，"我应该有看到你进来才对的，但是我眨眼了。"

她吃吃笑着，向我行礼，然后热情洋溢地亲了我一下，坐在我的右边。洛尤希落在她的肩膀上，舔着她的耳朵，她伸手挠它的下巴。

"那么，你要让我看什么呢？"

她伸手到斗篷里，掏出一只小口袋来，灵巧地打开了袋口，然后做了个手势。我伸出手，一块蓝白色的单晶体掉了出来，直径大约1／3 英寸。我举起它对着灯光，转动观察着。

"非常好，"我说，"黄晶[2]？"

"钻石。"她说。

我的思绪往回滚动，看她是否在开玩笑。不是玩笑，我又一次跟她打交道时懂得了这一点。

"天然的？"

"对。"

"包括颜色？"

"对。"

“你保证？”

“保证。”

“我明白了。”我又花了五分多钟来研究这件事。我不是宝石商，但我对宝石也略有了解，这块宝石上找不出任何瑕疵。

“我假定你已经对它估过价了，值多少？”

“公开市场上吗？要是你到处寻找买主的话，大概是三万五。要快些出手的话，两万八到三万可以成交。一个清道夫最起码也要给你一万五——假如他接触到这桩生意的话。”

我点点头：“我给你两万六。”

她摇头。我感到十分震惊。琪拉从来不跟我讨价还价，如果她提供给我什么东西，我都会给她一个我能给的最好的价格，最后的成交价也就是这个。

但是她说：“我不是来卖它的。它是你的了。”顿了顿，她又接着说，“闭上嘴巴，弗拉德。你正需要一大笔钱呢。”

“琪拉，我……”

“不必客气。”

“可是，为什么？”

“多好的问题！我只是给你一点援助，而你想要知道为什么？”

*“对，闭嘴吧，头儿。”*洛尤希舔着她的耳朵。

“你真的不用客气。”

我突然醒悟过来，看着那块宝石，我曾经见过“她”，或者是见过“她”的堂兄妹。我看着琪拉：“你打哪儿弄来的？”

“你干吗想知道这个？”

“拜托，告诉我吧。”

她耸耸肩：“我最近去了一趟玄虎山脉。”

我叹了口气——这正是我所猜想的，然后摇了摇头，把宝石递还给她：“我不能接受，塞丝拉是我的朋友。”

琪拉也叹气：“弗拉德，我向恶魔女神发誓，你简直比马里奥还要难伺候。”我刚要开口，她就抬起手挡住了我的话头：“你对朋友的忠诚获得人们的信赖，但是也给我—— 还有她—— 一点信任吧。在一场龙蜥战争中她能给你的支持不比莫罗岚的多，但这不会妨碍莫罗岚给你的帮助，不是吗？”

“你是怎么——？”

她打断了我：“塞丝拉知道这块石头的来历，尽管她从未坦白。可以了吗？”

我哑口无言。琪拉把小袋子递给我，我机械地把石头放进去，把袋子掖进斗篷里。琪垃弯下身，亲了我一下。“对一个刺客来说，”她说，“你还真是个可人儿。”然后她就走了。

那天稍晚些时候，克瑞加带着一张拉里斯麾下五个组织的名单进来报告。我安排了几个法师作为顾客去其中的两个转了转，开始渗透它们。顺便说一下，法师，既可以说是某种特殊的强力巫师，在龙蜥族中，也可以说成是能把任何一项特定工作做得非常完美的人。如果你想分清楚到底说的是哪一个意思——那么，我也想。

总之，在拉里斯为其他几个地方作安排的时候，四个法师开始对他的两个商行进行刺探渗透。当天晚上我们就袭击了第一处：九个暴徒—— 大部分来自虎鲸家族，每个的雇佣金是两个金币—— 洗劫了那个地方。拉里斯在那里有两个打手，在他们准备抵抗之前，就已经被我们的人控制住了。袭击者还对在场的顾客用了刀子和棍棒，虽然没有造成人员伤亡，不过短期内是不会有人想再去那里了。

与此同时，我花钱为手下的商铺准备了更多的此类防御手段，来避免受到类似的待遇。

两天后我们攻击了另外一处，成效卓著。当天晚上，特梅克就报告说拉里斯已经退出人们的视线，而且很显然地转入了地下活动。

第二天早上，纳瓦恩循着流言，在我们第一次发动袭击那地方后面的小巷里找到了特梅克的尸体，已经没办法复活了。

三天后，瓦格报告说有个拉里斯的手下和他接触，试图与他合作抓到我。过了两天，萧恩报告说他发现了那个和瓦格接触的家伙，落了单，刚从他女主人的公寓里回来。萧恩把他给料理掉了。在那之后，又过了一个星期，去渗透拉里斯手下组织的法师中，有两个在一家小克拉瓦洞里吃饭的过程中，被邻桌丢来的法术炸成了碎片。

一周后我们推平了拉里斯另外的一个据点，这次我们雇佣了二十五个暴徒来帮忙。拉里斯加强了防御，因此有我的六个手下也参与了这次行动，不过他们各自有自己的工作要做。

如此一来，拉里斯势必就没剩什么耐心了。他不得不花掉大把的钱，找了一个能够破解我的法术防御咒语的巫师。在我发动突袭的一周后，我的一家洗衣店被大火给烧了个干净，连同那个清洁工还有他所有的货品。我怀疑其他地方的防御也会如此。两天后，纳瓦恩和齐莫夫在护送荷诺克来我这儿交钱的路上被抓到了。齐莫夫够快也够幸运，因此还能复活；纳瓦恩不够快，但运气要好很多，他设法传送到了一个治疗者那儿。刺客则逃走了。

八天后，有两件事情在一个晚上的几乎是同一时刻发生了。

第一件事：某法师偷偷潜入拉里斯的一个妓院，小心翼翼地洒了四十多加仑火油，然后点了火。大火从二楼的前半截一直烧到一楼的后半截，整个房子被夷为平地；但居然没有人被烧焦。

第二件事：瓦格来见我说有重要事情。梅勒斯塔夫警告了我，我让他放瓦格进来。就在瓦格打开门的一瞬间，梅勒斯塔夫注意到了某些东西——他还不知道那是什么——就大吼让他站住。他没有停，于是梅勒斯塔夫一把就将匕首插入了他的后背，瓦格倒在了我的脚边。我们检查之后才发现那根本不是瓦格。我给了梅勒斯塔夫一笔奖金，回到事务所里，关上门，我不寒而栗。

两天后，拉里斯的人对我事务所进行了一次全面突袭，包括前面的商铺也被烧毁。我们在没有永远损失一兵一卒的情况下挡住了他们，不过代价也相当惨重。

纳瓦恩取代特梅克，发现了又一个拉里斯的收入来源。在他们发动对我袭击的四天后，我们攻击了那里——把一些顾客打成重伤，又揍了几个保镖，然后还在那地方放了把火。

终于，有人对这一切忍无可忍了。

那天，我站在事务所那一片碎石前面，试图考虑清楚到底要不要重新换

个地方。维伦、米拉甫恩、光虫和齐莫夫围在我身后，克瑞加和梅勒斯塔夫也在。光虫说：“有麻烦了，头儿。”

米拉甫恩紧跨一步站在了我的身前，不过我还来得及瞥见四个龙蜥人朝这片废墟走过来。看起来好像还有个人被围在中心的位置上，但我不能完全确定。

他们走过来之后，其中四个和我的保镖们面对面站着。然后，有个耳熟的声音从他们中间传过来：“塔托希！”

我吞了一口口水，向前迈了一步，朝他鞠躬：“您好，多洛南大人。”

“他们留下，你过来。”

“多洛南大人，来哪——？”

“闭嘴！”

“好的，大人。”*总有一天，讨厌鬼，我会取代你的。*

他转身就走，我跟在后面，他回头看了看我，又说：“不行，那东西也得留下。”我花了几分钟来琢磨他到底要说什么，然后：*“做好准备，克瑞加。”*

“准备好了，头儿。”

我脱口而出：“不，这只龙蜥要跟我在一起。”

他的眼睛眯成一条缝，和我对视了一会儿，然后说：“那好吧。”

我放松了一点。我们往北朝马拉克广场走去，然后往东转上立柱街，最后到了一座曾经是旅馆，但现在已经空荡荡的建筑跟前，走了进去。他的两个手下站在了门边，另外一个则等在里面。他拿着一根魔杖，我们站在他的面前，然后多洛南说：“开始吧。”

我的五脏六腑都扭搅在了一起，然后我发现自己和多洛南还有他的两个保镖一同站在我认为是亚德里兰卡西北部的某个地区。我们站在丘陵之中，那些房子都见鬼地很靠近城堡，我们前面二十来码的地方就是一座纯白色城堡的入口，两扇镶金的巨大门扉，真是个极其漂亮的地方。

“进去吧。”多洛南说。

我们走上台阶，一个男仆打开门，两个龙蜥人就站在里面，他们灰色的斗篷看起来还很新，剪裁也很合体。其中一个朝多洛南的打手点了点头，然

后说："他们可以在这儿等。"

我的老板点点头，于是我们继续朝里面走去。这座大厅比我卖掉餐馆后住过的公寓还要大。这间清空了的房间，就好像一条通往污水坑的下水道的房间，也比我住着的公寓要大。看得出他投在这地方周围各种小玩意儿上的金钱比我去年整年挣得的还多，这些统统都无助于改善我的心情。事实上，在我们被引入一间小起居室的路上，我感觉到更多的是好斗感而不是受惊。和多洛南一起坐下来过了十多分钟，在等待的过程中，这一情况也没有好转。

然后那个人走了进来，穿着普通的灰黑色衣服，只是在边缘处镶了一点金色花边。他的头发是灰色的，看起来已经上了年纪——大概两千岁了，然而依然精神矍铄。他不胖——龙迦人都不会变胖——但显得营养充足。他的鼻子小而扁平，一双灰蓝色眼睛，透着深邃的光泽。他用一种低沉、深厚而又刺耳的声音向多洛南问道："就是他吗？"

他以为我是谁？马里奥·灰雾？多洛南只是点了点头。

"好的，"他说，"出去吧。"

多洛南照办了。这位大人物站在那儿盯着我，我猜我应该要感到不安了。过了一会儿，我打了个哈欠，他对我怒目相向。

"你觉得无聊？"他问。

我耸耸肩。这个家伙——管他是谁——固然可以把手指捏得噼啪作响并且把我给宰了，但我可没打算要亲他的屁股：我的命还不值这么多。

他拉过一把独脚椅然后坐了上去。"那你还真是个强悍的家伙，"他说，"我对此确信无疑。你给我留下了深刻的印象。现在，你是想要活着，还是不要呢？"

"我不在乎。"我承认。

"很好。我是特依。"

我站起来，朝他鞠了一躬，然后重新坐下。他是那些顶头大老板中的一个，在亚德里兰卡城里运作组织的五人之一（亚德里兰卡大概有90%的这种商务），所以我会有印象。

"那么，我要如何为您效劳呢，大人？"

“嗷，少来了。告诉他去跳混沌海，朝他吐舌头，往他的汤里吐唾沫。来吧。”

“你可以停下把亚德里兰卡烧为平地的尝试。”

“大人？”

“你没听到吗？”

“我向您担保，大人，我绝没有打算要把亚德里兰卡烧为平地，只是一小部分而已。”

他微笑着点点头。然后，没有任何预兆，微笑就消失了，他的两眼眯成了一条缝。他朝我探过身来，我只觉得浑身的血液都结了冰。

“少跟我来这一套，东方佬。要是你想跟其他泽鼠——比如拉里斯——一决雌雄的话，找个不会把整个帝国搞垮把我们都连累到的办法去。我已经告诫过他了，现在我同样要警告你。你要不赶紧停手，我就会亲自出面解决的。听清没？”

我点头：“是的，大人。”

“很好。现在他妈的给我滚出去。”

“好的，大人。”

他站起来，转身背对着我，出去了。我吞了几口唾沫，站起来，走出了房间。多洛南离开了，带着他的所有手下走了。特侬的仆人给我指点了门口的方位，我自己传送回了事务所，告诉克瑞加要改变一下方法。

尽管如此，我们也没时间这么做了。特侬说得对，但他的行动太迟了。女皇已经忍无可忍了。

6

“我要去散会儿步”

当我说到“女皇”的时候，你的脑海中大概会浮现如此的画面吧：一个上了年纪、一脸严肃的老夫人，一头铁灰色的头发，穿着金色的长袍，圣珠围绕着她的头顶，不经意间轻轻一挥权杖，颁布的旨意就能影响无数黎民百姓。

嗯，圣珠确实是环绕在她的头上，这一点没说错；她也穿金色衣服—— 但不是长袍那么简单的东西，她通常穿的……还是别管了。

泽丽卡是个三四百岁的年轻女子，这把年纪折算成人类的话大概也就二十多岁。她有着金黄色的头发，眼睛也是一样的颜色，和角犬一个样，深深地嵌在脸上。她的额头很高，眉毛的颜色很浅，在苍白的皮肤上几乎就看不出来（尽管有谣言，不过无论如何，她都不是亡灵）。

凤凰家族一直是规模最小的家族，因为除非在你出生的那一刻人们看见一只凤凰从你头上飞过，否则就不会承认你是家族成员。空位期几乎清除了所有的凤凰家族成员，除了泽丽卡的母亲—— 她是因难产而死。

泽丽卡是在空位期里出生的。前一位君王是一个颓废的凤凰，正值十七轮回，继任的君王也要是凤凰家族成员，而每个十七轮回中，人们也期望在一个颓废的凤凰之后会接着有一个新生的凤凰。顺便一提，就我所知，新生

凤凰应当是统治期间不曾有过颓象的凤凰家族的君王。不过既然泽丽卡是那时候唯一活着的凤凰家族成员，那也只能是泽丽卡了。（一想到在外貌特征上会结合其他的家族特征——仅就遗传学而言，所有关于“如何制造一个凤凰成员”的话题就会变得非常诡异。我是说，一想到在那种时候，除了通过通婚已经没有别的办法产生新的凤凰继承人，龙迦人也会有杂交这种很扯的念头。我会就几个重点深入下去的。）

无论如何，在只有一百来岁，还是幼年时，她就穿越死门瀑布，并且活着通过亡者之路，然后来到裁决大厅，从前任君主的阴影中接过圣珠，然后返回，宣布空位期已然结束。这差不多是我曾曾曾曾曾曾曾曾祖父出生时候的事情了。

顺带说一下，穿越死门瀑布是一件令人印象深刻的事情。我知道，因为我就亲身经历过。

身份背景让泽丽卡得到了来自人类社会——或者至少是龙迦社会相当程度的理解。她聪明而且谨慎，知道干涉两个龙蜥之间的决斗并无益处。另外，我猜测拉里斯跟我之间的那些往来动作很大程度上都被忽略掉了。

见过特依的第二天早上我们醒来，发现街上到处是穿着凤凰家族制服的守卫在巡逻，贴出的布告上声明入夜后不得上街、不得组建四人以上团队、所有使用魔法的行为都会受到严密监控和限制、所有酒店旅馆一律关门歇业、重新营业的时间另行通知。此外还有一条不言而喻的声明：任何违法行为都不会被容忍。

这足以让我们搬家，另找个更好的邻居了。

“我们到哪儿立足呢，克瑞加？”

“我们可以维持现状——维持所有开支，没有进账——差不多七个星期。”

“你觉得会持续七个星期吗？”

“不知道，但愿不会。”

“我们不能削减武力，除非拉里斯这么做，而且我们也没有任何手段来得知他的打算。最糟糕的是——这本该是我们渗透到拉里斯手下组织中最好时机，但我们做不到，因为他也没有什么生意在运转了。”

克瑞加耸耸肩："我们只好紧挨着坐好了。"

"嗯哼，可能吧。我跟你说：我们为什么不去找那些跟他有关系，又完全合法的地方——你知道，比如餐馆——然后再和其中的一些老板们交上朋友。"

"交朋友？"

"当然。要送些礼物。"

"礼物？"

"金子。"

"就只是给他们？"

"对，不需要回报。找人把钱送给他们，然后说是我送去的。"

他看起来比以往更加困惑："这有什么用呢？"

"嗯，这会对法庭顾问发挥作用，不是吗？我是说，这难道不是建立关系网的办法吗？只要和他们保持良好关系，在他们需要某些东西时，人们就会对他们抱以同情，不是吗？为什么不试试看？又不会有什么损失。"

"花销不少哩。"

"省省吧，会有用的。要是他们喜欢咱们，就更有可能告诉咱们些东西，就算不是马上，也会在将来的某天告诉咱们一些有用的事情。"

"值得一试。"他赞同道。

"带上五百金币出发吧，散一点出去。"

"遵命。"

"然后，我们需要对何时开张有个概念。你对此有没有个概念？几天？几个星期？几个月？几年？"

"起码几天，也可能会有几个星期吧。要记得，那些守卫并不比我们更喜欢这种事。他们会用自己的方式来作战，而那些没有被卷入这一事件的商人又会用他们的方法来解决问题。更不用说组织在宫廷里的内线也会对此施加影响，我认为这件事不会超过一个月。"

"会突然结束，还是慢慢消失呢？"

"都有可能，弗拉德。"

"嗯哼。那么，一周后，我们能不能开一个，比方说，一个赌局呢？"

“他们可能会放我们一马。不过，一旦你的赌局开张，要是来了个手头有点紧的顾客怎么办？我们就需要有人借钱给他。然后很可能这个人为了还清借款，就会去偷窃，我们就会需要一个清道夫，或者——”

“无论如何我们也不会有清道夫的。”

“我已经在做这个了。”

“噢，确实。不过，对，我知道你的意思了，这些都是互相关联的。”

“还有另外一个问题：任何人开张之后气氛都会变得相当紧张不安，这就意味着你得亲自去打个照面——而这很危险。”

“嗯。”

“咱们能做的就是去重新找个办公地点，我现在都能嗅到这儿的烟味。”

“当然可以，不过……你知道拉里斯的事务所在哪里吗？”

“知道，不过他再也不去那儿了。我们不知道他在哪儿。”

“但是我们知道他的事务所在哪儿。很好。那就是咱们的新事务所。”

他满脸震惊，摇了摇头：“无人能比的自信。”

那个星期纳瓦恩一直和我保持着良好的沟通，也开始慢慢地对工作有了感觉。在特梅克出事之后，他变得非常小心谨慎。不过，我们还是攒出了一张有不少地点和一些人名的单子。

我曾试图对拉里斯使用秘术，只是为了看看有没有一两处破绽可以让我乘虚而入，但是一无所获。这就表示拉里斯对秘术也设置了防护措施——而且还说明他对我相当了解，尽管大多数龙迦人对这种艺术相当不以为然。

我让打手们监视那些我们熟悉的人，试图了解他们的行踪以获得日后有用的信息。我们还利用大量金钱跟其中的两三个套近乎，希望能找出拉里斯的藏身处，但仍旧一无所获。

尽管同样进展缓慢，但和拉里斯手下交好的计划进行得更为顺畅一些。目前虽然还没有得到什么有价值的情报，种种迹象表明日后有可能会弄到一些有用的东西的。我还派人去和凤凰守卫们攀谈，从而了解到他们对这项任务感到相当不愉快，并不希望持续太长的时间；而且他们希望重新从赌钱中捞两笔的心情和我们想开始付钱给他们的义务想法一样急切。我考虑了这件事。

泽丽卡颁布法令的六天后，我和克瑞加还有斯迈雷·基里扎见了面。斯迈雷曾经保护过聂拉，复活后也恢复得不错。他的名字源自他和瓦格相差无几的微笑——就是说，几乎不笑。

瓦格，不管怎么说，只是极少有表情而已；而斯迈雷的脸上始终带着冷笑。当他看起来好像要咬你大腿一口时，他其实是很高兴；当他生气的时候，他的脸就会变得扭曲变形。他使一把叫做勒匹普的东方武器，那是一根沉重的金属棍棒，包裹了皮革来防止造成割伤。在不担任保护工作的时候，他就去做一些暴力工作。他在港口发家，为一个叫做瑟里尔的没耐心的放债人卖命。当瑟里尔厌倦了讲道理之后，就把斯迈雷派出去，然后第二天再随便把谁派过去跟剩下来的不管什么东西讲理。

于是，斯迈雷坐在那儿，对我和克瑞加怒目相向。我对他说："斯迈雷，我们的朋友荷诺克准备明天晚上把他的妓院重新开张，他现在在亚博罗和奈菲塔尔的保护之下，我要你去那里帮着点他们俩。"

他的冷笑比以往更甚，就好像完全不值一提一样。

无论如何，我对他相当了解，因此可以完全忽略这个。我继续说："远离我们的客人，保证你不会吓到他们。如果守卫要关闭那里，就随他们的便。明白了吗？"

他喷了一下鼻子，我就当做他认可了。

"好了，八点到那儿，就这样。"

他一言不发地离开了。克瑞加摇摇头："我真奇怪你竟然可以这么轻松地就搞定他，弗拉德。你要知道你做的事情就好像放逐一只恶魔或是别的什么一样。"

我耸耸肩："他从来不'干活'，我一直都知道的。"

克瑞加咕哝道："不管怎么说，我们还得对明天的事有点概念。纳瓦恩那边有消息吗？"

"不多，他恐怕是在摸鱼。"

"我猜也是。不过他起码得去查看下拉里斯有没有新开张生意。"

我表示同意，所以抓来纳瓦恩给他下达了指令。然后我叹了口气："我真

对这样待在黑暗里一事无成感到厌恶。我们的将来已经有了很好的基础，但是我们对他还是一无所知。”

克瑞加点点头，然后突然脸色一亮：“弗拉德！”

“嗯？”

“莫罗岚！”

“哈？”

“你不是他的安全顾问吗？他有间谍网吗？”

“当然。克瑞加，要是你想知道战龙家族的领主手下有多少巫师，我可以在三分钟内就告诉你，包括他们的特征、年龄、对酒的品位。但这对我们都没用。”

他显得有些茫然：“应该有可以利用的……”

“你要是想到了，就告诉我一声。”

“我会的。”

第二天晚上荷诺克找到了我。

“嗯？”

“只是想告诉你，到目前还没有守卫来找茬儿。”

“很好。顾客呢？”

“可能有两个。”

“好，这只是开始。你有没有发现看起来好像是为拉里斯工作的人？”

“我怎会知道？”

“说得对。保持联络。”

我抬起头来看着克瑞加，他这几天待在我事务所里的时间远比待在他自己事务所里的时间要长得多：“我刚刚和荷诺克谈了，没问题，没有顾客。”

他点头：“要是我们今晚开张了，大概明天就得找个清道夫了。”

“当然，”我说，“谁呢？”

“我认识几个进入尾声后就被经常提起的盗贼。”

“在战争中出现的？”

“好像是。”

“相当好。确认一下。”

“马上去。”

克瑞加找来了一个清道夫，两三个晚上后我们开了张。与此同时，纳瓦恩发现拉里斯几乎没什么动静，我们终于可以松一口气了。很快，我们就断定凤凰守卫立马就会消失，一切又将重新恢复常态。

常态？在这节骨眼上“常态”到底指的是什么？

“克瑞加，要是这些凤凰守卫都消失了会怎样？”

“那事情就会回到……哦，我知道你的意思了。嗯，首先，我们要重建防御系统，得着手找出跟他相关的事情来，我想他也乐意和我们挤在一块儿——还有，对了，我们要做的比现在纳瓦恩做的还要多。”

“我知道，都会做的，不过——对我来说这更像是一个通往功成名就的大好机会。”

“呃，是什么？”

“这个。现在，我们都没有互相开打，但我们都重新开始运作各自的生意。我们应该尽我们所能地把生意推得远一些，尽可能多地弄到收入，多囤些钱，尽可能多地和拉里斯手下的人搞好关系，找纳瓦恩还有我们能抓到的任何人使劲打探消息——什么都要。”

克瑞加考虑了一会儿，然后点点头：“说得对。现在我们有了职业清道夫，这就是说我们很快就可以开始放债了。三天？还是两天？”

“两天。我们要付点额外的贿赂，不过不会持续太久。”

“听上去不坏。”

“很好，我们开头不需要那么多防护，就让维伦和米拉甫恩去帮纳瓦恩好了，然后或者齐莫夫和光虫也去。不过还得让他们继续轮班担任保镖工作。”

“不要齐莫夫，我不想让一个雇佣打手对我的秘密了解太多。让纳尔去吧，他虽然不是很擅长这个，但他可以学。”

“行，我会跟他们谈谈，让纳瓦恩也参与进来。”

“好的。我们还漏了什么东西吗？”

“也许吧，不过我想不出什么来了。”

“那咱们开始干吧。”

“看见你又开始干活还真是好。”

“闭嘴，洛尤希。”

纳瓦恩只花了两三天就让这些额外的帮手加入了工作。开始放高利贷的那天，我开始从他们那里得到报告，并且对此印象深刻。他们并不知道他手底下有多少人——而他们所做的也不过是些最底层的工作——但发现了七个拉里斯运作的组织。令我们大吃一惊的是，竟然没有一个重新开业——拉里斯躲起来了。我不知道是该大喜过望，还是该惴惴不安，但凤凰守卫仍然到处都是，所以我们还很安全。

几天后，我开了一个小型夏尔巴牌局，第二天又开了一个斯央石赌局和一个三注游戏。我们在拉里斯那儿的单子越拉越长，但他仍然没有任何动静。我很想知道这究竟意味着什么。

“嘿，克瑞加。”

“什么事？”

“要多少个玄虎才能磨好一把剑？”

“不知道。”

“四个。一个磨剑，另外三个痛快彻底地干一架来让这个工作变得有意义。”

“噢，你到底想说什么？”

“嗯，我是这么想的。我认为有必要针对敌对势力所采取的行动有所作为。”

“嗯哪。你是要去控制某个地区，还是只打算也躲起来？”

“我要去散个步，今天谁负责保护我？”

“散步？你确定这安全吗？”

“当然不安全。今天谁值班？”

“维伦、米拉甫恩、瓦格还有光虫。你什么意思？散个步？”

“我要去拜访一下我的生意。这么一来，谣言肯定会散播出去，就会说我不论对拉里斯还是对帝国都不感到困扰，顾客们就会放松下来，生意也就发

展起来了。你说对不对？”

“你要带着保镖们四处溜达以显示你无所畏惧吗？”

“对还是不对？”

他叹了口气：“我猜，对。”

“叫他们进来。”

“留在这儿，”我对他说，“保证一切正常运转。”

我们走出事务所，穿过前面商店的废墟（我不敢让人来修缮这里，离我太近了），然后走上街道。加肖斯街和铜巷的西北角落里有两个凤凰守卫。我们顺道走着，洛尤希飞在前面，我感觉到他们的目光落在我的身上。向东从加肖斯街转到白日地，我惊讶地发现街上竟然没有其他人。我们去了洗衣店，它位于一个名叫“六只克瑞欧萨”的地方，一间看起来饱经千年风霜的旅店的地下室里。

我去找了那个清道夫，他叫利诺，一个表情总是很愉快的家伙。矮个子，黑皮肤，一头棕色鬈发，扁平的面部特征表明他多少有一点龙蜥血统。他的眼神很清亮，说明他干这一行的时间还不长。处理偷来的赃物不是只向帝国守卫行贿就能蒙混过关的，所以干这行的都必须相当小心以保证不被发现他的所作所为。销赃者最后都会有一双游移不定、惊恐不定的眼睛。

他朝我鞠了个躬：“终于见到您了，我深感荣幸，大人。”

我点了一下头。

他打手势示意了一下外面：“他们好像已经走了。”

“谁？守卫？”

“是的，今早只有几个在这附近转悠。”

“嗯哼。唔，以后，一切都会好转的。大概他们在裁减守卫了。”

“是的。”

“生意如何？”

“不太顺，大人。不过正上道，我也才刚开始而已。”

“好的，”我朝他微笑，“保持运作。”

“是的，大人。”

我们折出去，沿着格兰东路继续走着，然后转入铜巷，往北边走回去。

走过“蓝焰”时，我停了下来。

“怎么了，头儿？”

“那些守卫，洛尤希。十五分钟前那个角落里还有两个守卫，现在却不见了。”

“我不喜欢这样……”

光虫说：“你注意到那些守卫都不见了吗，老板？这种巧合还真见鬼。我不喜欢这样。”

“忍耐。”我告诉他。

“我认为我们应该回事务所去，头儿。”

“我不认为——”

“还记得你怎么说起我的‘感觉’吗？唔，这种感觉相当强烈，我认为我们应该立刻回去。”

“好吧，你说服我了。”

“回事务所。”我告诉光虫。他像是松了一口气似的；瓦格没有回应；维伦点点头，眼神迷离，似笑非笑的表情丝毫没有改变；米拉甫恩点了点他那颗硕大的、头发乱蓬蓬的脑袋。

走过“蓝焰”，我开始放松下来。走到加肖斯街和铜巷的交叉路口，维伦和米拉甫恩小心察看了两条路，点点头。过了路口，我们就已经看得见事务所了。我身后传来一声奇怪的、拖着脚步的声音，我在一瞬间就瞥见瓦格扑倒在地，他一脸惊诧。我用眼角的余光还看见光虫也倒了下去。

“当心，头儿！”

在最初的一刹那，我完全无法相信这种事情竟然会发生。我知道我一直过着一种在危险中穿行的生活，但我从未想过，我，弗拉德·塔托希，一个刺客，会如同某个平凡的泽鼠一样在大街上被人轻易抓住。但光虫倒下了，我还看见瓦格的背上插着一把匕首。他还有意识，正尝试朝我爬过来，嘴唇无声地翕动着。

接着我就反应过来，我意识到自己还活着，维伦和米拉甫恩会在后面掩护我的。我伸手摸向细剑，想要看清扔飞刀的人在哪儿，然后——

“后面，头儿！”

我猛转身，一眼瞥见维伦和米拉甫恩随一个高个子龙迦人慢慢退走——等一下。慢慢退走？他们，他们一面紧紧盯着我，一面往后慢慢退，远离现场。与此同时，一个身材高大的龙迦人朝我走过来，步伐缓慢而稳健，手中提着一把巨剑。

我改主意不去拔细剑，而是两只手上各掏出一柄飞刀，我想最起码要拉上那两个出卖我的小杂种。洛尤希离开我的肩头，朝我身后的那个刺客直飞过去，这给了我一点时间来瞄准，然后——

有什么东西叫我闪开，于是我照做了，在我的右侧，似乎是什么刀刃擦着了我右边的脊背。我猛转身，两把匕首同时出鞘，闪闪发亮，接着——

洛尤希用心灵感应尖叫一声，从后面，好像我左边的身体被撕裂开来一样。我意识到那个提着巨剑的刺客已经和洛尤希擦身而过。我感到一阵寒意，然后开始醒悟过来实际上有一块钢铁在我的身体里面，穿过了骨头、肌肉和内脏，只觉得一阵恶心。我忽略自己的感受，朝那边转过去，找到了那个从背后攻击我的人。她个子很矮，拿了一对大砍刀，冷冰冰的，不带一丝感情地直直盯着我。插入我身体的剑刃猛地一扭，我跪倒在地。站在我前面的那个刺客则全力攻击我，一把刀子割开了我的喉咙，另一把扎进了我的胸腔，我努力地想要抬起手臂来进行格挡——

她的嘴里涌出鲜血，倒在我的脚边。她胡乱挥舞着手中的刀子，其中一把的刀尖在我的胸口划开很深的伤口；在她倒地的同时，另一把刀子拿我的肚子当了刀鞘。听见身后有拍翅膀的声音，我很高兴洛尤希还活着，尽管我正等着背后过来结果我的最后一剑。

然而，我却听到了一个好像雅丽拉的声音叫喊着：“你，你是个战龙！”然后就是一声金属碰撞发出的铿锵声。我就势蜷缩起身子，看到了来人，确实，是雅丽拉，挥着一口比她身体还高的巨剑，正在与那个刺客决斗。看着她们的正是莫罗岚本人，脸上写满愤怒，手中握着他的“黑杖”。雅丽拉的剑刃从高处挥过，而那刺客的刀子从下面划过，洛尤希喊道：“趴下！”

我照做了，但没来得及防备另外那个还活着的家伙，她一刀狠狠地扎在了我的腰上，我感到一阵剧烈的疼痛，不由地惨叫出声。肌肉的痉挛扯得我向前蜷缩起来倒在地上，恰好挤压着了肚子，那儿早就插了一把刀子，我恨不得赶快死了好了结这一切。

就在我失去意识的前一刻，我的脸距离那个刺客就只有几英寸，鲜血还在不断地从她嘴里涌出来，她的双眼中是一种狰狞而决绝的神情。我突然意识到她是个东方人，这一点比身上的那些伤口更让我痛苦。但接着疼痛就使得我失去了意识。

7

“我想恐怕只剩下做蠢事的时间了”

一道暗淡的绿光，只留下一点残迹，但没有眼睛看着它流逝。记忆好似一口深井，意识就是吊桶——可是谁来拉绳呢？我发觉“我”出现了。没有知觉存在，那吊桶也还没碰到水面。

不期然地，我在一瞬间明白了“视觉”的意思，然后发现自己正紧盯着一双亮闪闪圆圆的东西——我最后终于意识到那是一双“眼睛”。它们漂浮在一团灰色的雾气里，好像是在看我——这肯定有什么含意。看着那双眼睛，我突然想到了“棕色”，差不多在同一时间，我看到了衬托着这双眼睛的脸庞，几个词跃进了我的脑海。“小女孩”是一个，“娇小”是另外一个，此外还有“忧郁”。

我想知道她到底是人类还是一个龙迦人，然后感觉到我身上更多的知觉都恢复了过来。

她仔细打量着我，我想知道她究竟看见了什么。她张张嘴，声音飘了出来。我意识到自己曾经在某个“时候”听过这个声音，但并没听明白。声音消失了，就好像是在一个完全没有回音的房间里似的。

“弗拉德叔叔？”她又说了一次，这次听得清了。

两个词：“叔叔”和“弗拉德”。都有意思。“弗拉德”是指我，我对这一

发现很是欣喜。“叔叔”和家族有关系，但我不确定这到底是指什么。我又更仔细地思考了一下这个词，认定它的意义不同寻常。正当我这么做时，仿佛有一道绿色光波从我的身旁涌起，我沐浴在这片绿光中，片刻后，它又停住了。

我也注意到了这一点，它又持续了一会儿。

知觉增加了，我又感觉到了身体的存在。我眨眨眼，感到很开心；又咂咂嘴，感觉同样不错。我把注意力转回到小女孩身上，她仍然紧紧地盯着我，这会儿看起来稍微放心了一些。

“弗拉德叔叔？”她说，好像在祈祷。

哦，就是这个。“弗拉德”，我，我死了。那个东方人，那种疼痛，洛尤希。但他还活着，所以可能……

“弗拉德叔叔？”

我摇摇头，试着开口说话。“我不认识你。”我对她说，话说得异常直率。她热切地点点头。

“我知道，”她说，“可是妈咪非常担心你。你不想回来吗？”

“回来？”我说，“我不明白。”

“妈咪还想要找到你。”

“她让你来找我的？”

她摇摇头：“她不知道我在这儿。可是她真的很担心，弗拉德叔叔，罗兰叔叔也是。你不想回来吗？”

谁能拒绝这样的请求？“那么，我在哪儿？”

她抬起头，歪向一边，看起来很是困惑；嘴巴开合了几下，然后又摇了摇头：“我不知道。你只要回来就行，好不好？”

“当然，宝贝。不过，现在吗？”

“跟我来。”她说。

“好的。”她走了几步，停下来，回头看看。我觉得自己是在朝她移动，但并不像是在走路。我无从判断我们走得有多快，去向何方，但那种阴霾越发的灰暗了。

“你是谁？”我们一边走，我一边问她。

“德维拉。”她说。

“很高兴认识你，德维拉。”

她转过身来，咯咯地笑着，脸上亮了起来：“我们以前见过的，弗拉德叔叔。”这引发了我更多还没完全理清的回忆，不过——

“噢，弗拉德叔叔？”

“什么，德维拉？”

“我们回去的时候，别跟妈咪说你见过我，好吗？”

“好的。可为什么不说呢？难道你不该来这儿？”

“嗯，不完全是。你看，我还没真正出生呢……”

我们所在之处已经完全黑了下来，我突然发觉自己又是孤单一人了。然后，又一次地，我被那道绿光包围，后来的事我就记不得了。

……玄虎在龙蜥的翅膀上撕开一道长长的伤口，龙蜥的嘴则朝玄虎的脖子伸过去，但玄虎的嘴巴也几乎扣在了龙蜥那长长的、蛇一样的脖子上。那头龙蜥正是常见的品种，不是生活在死门瀑布上那些巨大品种，不过它也是我见过的最大的一头了，应该能狠狠出击——我眨眨眼。场景没有变化。没错，还是橙红色的天空，但我想起来我应该是在屋子里，躺在床上；事实上，我看见的是头顶天花板上的壁画而已。无疑，这是某人的恶作剧念头，要让我一醒过来就看见这么一个东西。是不是我能看见那幅画就等于龙蜥获胜了呢？我看得见，于是龙蜥赢了。不错的壁画。深深地吸一口气——我，还活着！

我转过头，环视整个房间。很宽敞的房间，在我目力所及的范围内——从墙边到床大概有22英尺半，另一边大概有40英尺。没窗户，但通风很好。正对床脚的墙上有一个壁炉，一团小而温暖的柴火在里面噼啪作响，不时地溅出几粒火星。我扭头看见门在另外一面墙的中央，到处插着黑色的蜡烛。尽管墙壁是漆黑的，蜡烛的光亮也足够让我把房间看清楚了。

黑色，漆黑，乌黑。魔法的颜色。莫罗岚领主，黯堡。然而，除非他要使用魔法，否则是不会点黑蜡烛的，而我也感觉不到魔法的痕迹。它也没有这样的壁画，所以——必定是玄虎山脉。

我重新倒回枕头上（鹅毛枕头，好奢侈！），然后开始慢慢活动四肢。一条胳膊，一条腿，每一根手指，每一根脚趾。一切正常，不过还是有些不对劲。我看见自己的斗篷和衣服折叠得整整齐齐放在床头旁边的一个三脚台子上，然后难堪地发现不知道是谁把我脱了个精光，还把绕在我手腕上的破咒器留了下来，这也是我没有立刻发现自己一丝不挂的原因。

我支撑着坐了起来，感到全身虚弱无力，而且还痛得要命。不过作为活下来的象征，我欢迎这些感觉，然后把脚挪到床边。

“要说早安吗，头儿？”

我扭过头，看见洛尤希蹲在房间远处角落里的梳妆台顶上：*“早安，或者随便什么都好。真高兴你一切都好。”*

它飞过来落在我的肩头，舔舔我的耳朵：*“你总算为我活回来了，头儿。”*

房间的一角有个夜壶，我现在真是极其需要使用这个东西。我慢腾腾地穿起衣服，发现几把比较明显的武器已经被拿出来，整齐地放在斗篷下面，斗篷里面大部分的内容都没有被弄乱。穿衣服很痛。这就够了。

我刚解决完，一阵轻柔的敲门声就响了起来：“请进。”

雅丽拉走了进来：“早安，弗拉德。感觉如何？”

“还行，一切都好。”莫罗岚在她身后站在门口，我们互相点了点头。

“我们本来可以更早一点过来，”他说，“但是我们还得去看望另外一个伤员。”

“噢？谁？”

“那个攻击你的‘女士’。”雅丽拉说。

“她还活着？”我不禁咽了一口唾沫。冒着被杀的危险去终止刺客与雇主之间的合同是一件极为罕见的事情，我真希望她们已经上路了。

“两个都是，”她说，“我们复活了她俩。”

“我知道了。”这就不一样了，现在她们有权选择继续完成任务，或者放弃。但愿她们选择放弃。

“对了，”莫罗岚说，“弗拉德，我得向你道歉。那个东方人本来不可能攻击你的。我造成了她一些内脏的破裂，这让她立刻就昏死过去了。想到这儿

我就不想继续盯着她了。”

我点点头。“她很可能是个女巫，”我说，“秘术对此很管用。”他当然知道这个，我只是用话激他而已，“不过事情都过去了。另外那个情况怎么样？”

“她是个非常优秀的斗士，”雅丽拉说，“极其优秀。我们打了一分多钟，她伤了我两次。”

这还真是个微妙的讽刺，以魔法见长的雅丽拉，跟人真刀真枪短刀相接；而莫罗岚，帝国最好的剑士之一，又在一边使用魔法；两边都大大超乎常理。所以这实在没什么要紧。

我点点头：“什么时候复活的？”

雅丽拉说：“我们把你带回来就进行了复活，你沉睡了两天。”

“我真不知道要如何感谢你——或者塞丝拉？——复活我。”

“是我，”雅丽拉说，“不必言谢。”

“有多难？”

她摇摇头：“有史以来最难的一次。”

“我还以为我们要失去你了。甚至在复活你之前，还得先把你的身体修补好。在成功前我试验了足足四次，之后我睡了半天。”

就在那时，我想起了之前做过的梦。刚要开口，雅丽拉又接着说了下去。

“我想你现在该休息了，尽量再躺上至少一天。还有，不要——”

这又提醒了我一些事情，于是我打断了她：“很抱歉，雅丽拉，不过——你跟莫罗岚怎么会出现在那里呢？”

“……莫罗岚拉我去的，你问他。”

我转过身，朝他抬了抬眉毛。

“克瑞加，”他说，“他跟我们解释说你急需帮助，但是又不知道要哪方面的。我就拉上雅丽拉一同前往。似乎我们差一点就来不及了。还有，再说一次，我得为我对那个东方人的麻痹大意向你道歉。”

我忽略了这一点：“好吧，现在我听你们的。我想睡会儿。”

“你饿吗？”她问我。

我查验了一下自己的相关部位，然后点点头：“有点儿，或许等我起床再

说。”

“好的，我会和塞丝拉说的。你有没有觉得恶心，或者想要大吃一顿？”

“我觉得挺好，”我告诉她，“就是累了。”

我朝他俩各鞠一躬，他们一走我就坐回床上去。

“你不会比我更累的，头儿。”

“没错。可我很痛。安静一下。”

我试探着想要和克瑞加建立联系。花了很长时间，不过最后他终于有回应了。

“弗拉德！欢迎回来！”

“谢了。活过来的感觉还真好。”

“我想想看，雅丽拉应该告诉你你本来就要上路了，但他们又把你带了回来。虽然开始我有些担心了。已经三天了。”

“我知道了。瓦格和光虫的情况如何？”

“光虫挺好的，匕首插在了他的腰上，不过我们及时找到他了。”他顿了顿，“不过瓦格没挺下来，复活失败了。”

我咒骂了一声，然后又问：*“收入如何？”*

“一点点。”

“嗯哼。储备金呢？”

“大概还剩九千。”

“好的。悬赏三千五抓维伦和米拉甫恩中的任何一个。”

“头儿，他们都会得到很好的保护，你绝对不可能　。”

“很好，也就是说我一分钱都不用付。把布告贴出去。”

精神上的“耸肩”。*“好的，”他说，“还有别的事吗？”*

“有的。集中起来。我是说，所有人。我回来之前都不要有动作，但是，我也不希望有人再落单了。明白吗？”

“明白。还有事吗？”

“没了。多谢你。”

“不客气。”

“你有什么要汇报的？”

“我从某个我们努力交好的人那里得到消息，好像是他旅馆楼上的某个房间里有些动静，他选择帮我们。”

“嗯，我会……给他两百。”

“我已经给了他一百五。”

“很好，克瑞加……所有的凤凰家族守卫都不见了，消失了，就在我离开事务所的时候。我敢说这不可能是个巧合，我也不相信女王—— 或者是凤凰家族卫队指挥官—— 在这件事情上会出手帮他们。你对此知道些什么吗？”

“我们的联系人说他听说不会有人‘在意’这个的。”

“嗯哼，我知道了。再核实一下，如何？”

“我尽力。”

*“很好。还有，你知道那两个家伙是谁吗？抓着我的那两个。她们居然还很好。就算莫罗岚和雅丽拉都出马了，她们还是完成了一半的工作。”*停了一会儿，*“头儿，你不知道吗？”*

“你在说什么？我怎么可能知道？”

“想想看，头儿。两个刺客，女的；一个是龙迦人，一个是东方人；一个拿着口巨剑，一个用匕首。会有多少这样的队伍？”

“噢，我—— 啊，我稍后再跟你说吧，克瑞加。”

“当然可以，弗拉德。”

然后连接就中断了。

说到刺客，尤其是那些出类拔萃的刺客，马里奥·灰雾这个名字总会占一席之地。甚至，在我所关注的范围内，他很可能是最优秀的一个，从前就是这样。在马里奥之后，还有一些名字在我脑海中，他们中却鲜有人知道：那些优秀、可靠、身价颇高、令人畏惧的人，常常会在组织内树起强敌。

大多数刺客都是单打独斗的，我的意思是，谋杀是一件很私密的事情。不过也有很少的一些队伍，其中一支就是我刚才提到的那两个人。我曾经听说过她们，她们的名字在过去的五年里和二十多桩“行动”密不可分。那些传言没一个经过验证，绝大多数也许并不可信，但还是……这支队伍的成员之

一是龙迦人，用巨剑，掌握了全部战龙领主的格斗技巧；另一个是个东方人，用匕首。两个都是女的——龙蜥右手会里面几乎没有女性成员（有小贼琪拉，可能还会有其他一些女性成员，不过都相当稀少）。这一对刺客自称“龙蜥之剑”和“龙蜥之匕”，但没人知道她们从哪里来。要抓住她们是相当艰难的——通常情况下，如果你要找她们，就要放话出去，祈祷她们听到并且会对此感兴趣。

需要指出的一点是，大部分我接的暗杀委托出价都是六千金币左右，而这两个人，要是你出价不到八千或者九千，她们理都不会理你。所以我从来没想过要让她们去追杀拉里斯，因为她们起码会跟我要两万金币，而我绝对不可能在没有担保的情况下把自己的全部家当孤注一掷——很愚蠢的行为，既然谁都可能失手（我还没失过手，不过我够幸运）。

我真想知道自己到底值多少钱，还有拉里斯从哪里弄来的资金。我发现自己在发抖，这很傻，尤其是当威胁已经过去之后。除非她们决定完成委托，那我还得继续抖。

“你还好吧，头儿？”

“不太好，咱们走走吧。”

我跨出房门，走进玄虎山脉阴冷、黑暗的石头大厅里。我立刻就知道了自己身在何处：我的右边就是图书馆，那是我第一次见到塞丝拉的地方；我的左边则是更多的房间。下意识地，我朝左边转过去。走廊两边都是门，而走廊越过它们一直延伸下去。我停下了脚步。那两个刺客会在这其中一个里面吗？或者她们分别各在一个房间里？我决定继续走：见到她们一点好处都没有。作为一个刺客，我没什么话好跟我的目标说；而作为一个目标，我又有什么话要跟追杀我的刺客说呢？求她饶命吗？当然。关键不在于此……我发现我根本就没动，于是叹了口气：

“我猜恐怕只剩下做蠢事的时间了，洛尤希。”

我尽量轻巧地把门打开到我能看清里面的程度。

她醒了，看着我，脸色很平静，眼神里不带一点表情。毫无疑问，她和我一样是人类。她的目光往下移动，落在了我的右手上，我这才发现自己紧

紧握着别在腰间的一把匕首。她看起来毫不畏惧。

她坐了起来，一条蓝睡裙在单支蜡烛的微弱光芒下衬得她的肌肤格外苍白。她的头发是棕黑色，乍一看就是黑的；眼睛的颜色还要更深，闪闪发亮的眼睛和皮肤上的阴影形成了鲜明的对比。睡裙裁剪得很规矩，但它也是为龙迦人设计的，松松垮垮地从她身上垂了下来。她却表现得没有一丝困窘。

她的目光从我的手游移到了我的脸上，我们对视了一阵：我强迫自己松开手，放开紧握着的武器。

妈的！我可是全副武装好了的，她却柔弱无助，我没道理会怕她。我试着开始跟她讲话。

“你有名字吗？”我的声音听起来又干又涩，基本算得上很嘶哑。

“有的。”她说，用的是柔和的女低音。

我等她继续说下去，但她一点没有要这样做的意思，于是我又问：“能告诉我是什么吗？”

“不能。”

我点点头。龙蜥之匕希望被称做“龙蜥之匕”，那就这样吧。

“你的搭档是怎么避开洛尤希的？”我问她。

“她没避开。我给了她一些草药，让她可以不受毒药的影响，她只是忽略了它而已。”

我等着洛尤希对此发表一点评论，它什么也没说，我接着问：“我的脑袋对你来说值多少呢？”

“你会满意的。”

她继续看着我。烛火闪动着，把她头发、脸庞、脖子以及胸部的阴影投射到墙上。我吞了一口口水。

然后她说：“我们把报酬退回去了。”

我稍微感到一点宽慰，就好像帝国刽子手把棒子交上去等同于暂缓行刑一样。我感到我的脸上已经表现出了这一点，于是只能暗暗咒骂自己的软弱。

她的目光停在了洛尤希身上，然后伸出了手。它犹豫着，在我肩膀上焦躁不安地抓挠着。

“头儿……”

“随你便，哥们儿。”

它朝她飞过去，爪子绕在她手腕周围。她顺着鳞片方向挠着它的下巴。

“这头龙蜥可真漂亮。”她说。

“它叫洛尤希。”

“我知道。”

“噢，当然了。你一定对我了解不少吧。”

“很显然，还不够。顺便问一下，莫罗岚和雅丽拉是怎么察觉到的？”

“抱歉。”

她点点头：“你……有一种让别人看轻你的天赋。”

“多谢夸奖。”我走进房间，随手带上了门。一个看似漫不经心实际上却是深思熟虑之后的结果就是，我坐到了她的床沿上，“那么，现在呢？”

她耸耸肩，这真值得进来一看：“我不知道。莫罗岚和雅丽拉之前曾经试图侦测我的思想，但是没效果。所以我也不知道他们接下来要干吗。你呢？”

我很震惊：“他们想要找什么？”

“谁雇了我们？”

我笑起来：“他们本可以问我的。别担心，就战龙领主而言，他们不是坏人。”

她讽刺地向我抱以微笑：“然后你就会保护我，是吗？”

“当然。何乐而不为？你们把钱送回去了，尽管你们大可不必这样做，但这说明你们不再追杀我了。而且我们东方人应该要互相帮助、团结一心，你不这么想吗？”

她明白了这一点，垂下眼睛：“我以前从来没有在一个人类身上‘下手’过，弗拉德。我差点就没接这任务，但是……”她又耸了耸肩，我真想知道如何才能让她不停地耸肩。

“我真高兴雅丽拉擅长复活术。”我说。

“我想也是。”

“为了我们两个的利益。”我补充了一句，因为我打算这样。她小心地看了

我一眼。那一刻，气氛变得非常微妙。要是我以前把自己的石头都丢对了，那我当时就可以亲她了。所以我就亲了。在我们的嘴唇轻轻碰到的那一刻，洛尤希离开了她的手臂。这算不得热吻，但我还是发现自己闭上了眼睛。怪事。

她仍旧看着我，好像在读我脸上的什么字似的。然后她开了口，相当谨慎地说："我的名字是卡奥蒂。"

我点点头。我们的嘴唇又一次碰到了一起，她的手臂环抱着我的脖子。我们分开来换气的时候，我伸手拉到了她的睡裙，然后拉着它往下滑过她的肩膀，落到臀部下面；她松开手，开始来摆弄我的斗篷扣。我觉得这真是个蠢到家的行为，她完全可以拔出我的匕首，一刀捅了我，再不会有比这更好的机会了。维拉！我想到自己，我想我已经要把持不住了。

我的斗篷落在了地上，她又帮我脱外套。我来不及脱靴袜，就和她一起倒回床上去了。那种感觉：她瘦小、结实的身体靠在我身上，她的胸部贴着我的胸膛，她的呼吸吹进我的耳朵里面，我的手放在她的腰背处，她的手放在我的脖子后面——我从来没有过这样的感觉。真希望时间就此停住，永远停在这一刻，不要再往前了。

无论如何，我的身体起了反应，我也知道。我抚摸着她的腰，她拉过我的头来吻着我，这一次我们是来真的了。我品尝她甜美的舌头，在我的嘴唇滑过她的喉咙，一直来到她双峰间的峡谷时，我感到身体里的自己正在发出一阵阵小小的咆哮声。我小心翼翼地，一处处地吻过来，然后回到了她的唇间。她开始试探着摸索我的马裤，我用右手摸到她的臀部，一把抱紧了她，打断了这个举动。

我们缩回去，又一次互相凝视，然后停了足够长的时间让洛尤希飞出房间去，因为做爱跟谋杀一样，不需要目击证人。

8

“我会留在这儿清理血迹”

只有极少数时候你会在醒来时想到：“啊！我还活着！简直太神奇了！”这种事情真是很悲哀，但是又千真万确。我还没完全达到那个极限，所以我会有自然反应，紧随其后的那句话就是：“亲亲维拉！真疼死我了！”

我的侧面，大刀砍伤的那一侧，热得发烫；后腰周围，我的爱人把匕首扎进我身体的部位，又痒、又灼热、又疼痛。我呻吟了一声。然后开始意识到房门外面有声音传来，似乎正沿着走廊过来了。

我的手臂还搂着卡奥蒂的肩膀，她的头靠在我胸前，我很享受这种感觉，不过对那个声音也很好奇。于是我尽可能谨慎地挪开，完全没有弄醒她，再小心翼翼地穿好衣服，确保不发出丝毫声响。

与此同时，那个声音也越来越响了。我刚重新感到危险逼近，就立刻打开门走了出去。尽管还听不清谈话的具体内容，但我已经辨认出了雅丽拉的嗓音。走廊黑色的石墙映入我眼帘，空气阴冷潮湿，走廊高大宽敞。我一边回想第一次造访玄虎山脉的经历，一边打冷战，然后转身朝声音的方向走过去。我辨认出另一个声音是莫罗岚，正当我朝他们走过去时，他还在说话。

“……你的话或许是真的，可这基本上不关我们什么事。”

“关我们什么事？那它关谁的事？我——好吧。你知道吗？你已经弄醒一

个我们的病人了。”

“那没什么要紧。”莫罗岚反驳道，朝我点点头，“你已经让我们的病人筋疲力尽了。”

我站在一间长长的房间里，周围堆满了书，房间里光线黯淡。周围有几把椅子，包了黑色的皮面，不过都空着。莫罗岚和雅丽拉面对面地站着，莫罗岚双手交叉抱在胸前，雅丽拉两手叉腰。在她转身看我的一瞬间，我看见了她的眼睛，平时的绿色眼睛已经转成了蓝色。这个信号的危险度一点也不亚于一头龙竖起了脖子上的刺角。我找了把椅子坐下去，来减缓我身上的疼痛，还真是痛死我了。

雅丽拉对他的评论嗤之以鼻，转身背对着他：“哈！要是那么明显的问题你都没看到，那就是你的不是了。怎么？难道它对你来说已经够细微了吗？”

“要是有什么东西要看，”他回避了问题，“我毫无疑问会比你提前看到的。”

她继续朝他施压：“你哪怕只要有一只泽鼠的荣誉感，就会看得跟我一样清晰了。”

“你哪怕只要有一只泽鼠那样的视力，就会看得清哪些会涉及到我们，哪些不会了。”

雅丽拉不得不绕开话题：“它怎么不会涉及到我们？战龙就是战龙，只不过她加入了龙蜥家族而已。我要查清原因，你也是。”

莫罗岚朝我歪了歪头：“你有没有和弗拉德的助手克瑞加见过面？他差不多也算是战龙——”

她对此再次嗤之以鼻：“那条蛇？他早就被丢出家族之外了，你应该很清楚的。”

“或许如此……”

“要是这样，”她掐断了话头，“我们会查明白的。”

“你为什么就只问她？”

“她就没告诉过我，你也知道。她甚至不承认是个战龙，更不用说……”

这次轮到莫罗岚嗤笑了，他转出奇招，说道：“你很清楚你的兴趣就只在于找到其他人来作继承人。”

“所以呢？我的动机有什么——？”

“雅丽拉！”莫罗岚突然发话，“或许我们该去找塞丝拉谈谈。”

她停下来，抬起头歪向一边：“是——呃，是的。绝妙的主意。有何不可？也许她能往你的脑袋里加点理智。”

他横跨一步：“那我们去找她吧。”然后又朝我转过来：“我们很快回来。”

“很好，”我说，“我会留在这儿清理血迹。”

“什么？”

“没什么。”

他们的身影消失了。我痛苦地站起身来，走回到“龙蜥之匕”卡奥蒂的房间去。卡奥蒂。我让这个名字在脑海里反复滚动着：卡奥——蒂，卡奥奥奥奥……蒂蒂蒂蒂……卡奥蒂，一个美丽的东方名字。我刚要开门，又停住了，轻轻地拍了拍门。

“谁呀？”里面有人问。

“你的受害者。”我说。

“哪个？”

“玩笑，玩笑啦。”

“进来吧，”她说，“风险自担。”

我闪身进去：“早安。”

“唔唔……”

“我突然想到你昨晚没把我杀掉耶。”

“噢。我杀了。”她说，“杀了你六次，但是我数漏了，复活了你七次。”

我挨着她在床边坐下，她还没穿衣服。我忽略了自己嘴唇的干裂：“噢，那我一定是忘记了。”

“你知道，你本来也可以杀了我。”她的声音突然变得严肃起来。

“对，”我慢慢地说，“但是你知道我不会下手，在这方面我对你可是一无所知。”

“我会记得你说过的话。”她轻轻笑起来。我把她的笑声、她的耸肩一并列入到希望她多做几次的单子上去。蜡烛爆出噼啪声，于是我翻箱倒柜又找了几支，借着余蜡的火苗点着了，然后又坐回床上去，轻轻地碰碰她的侧面。她往墙边靠了靠，我躺了下来。她把头靠在我的手臂上。

有那么几分钟令人愉悦的安静，然后我开口说：“我刚才偷听到了一段有意思的对话。”

“噢？”

“关于你的搭档。”

她紧张起来：“她怎么了？”

我把对话内容转述给她，她坐起来，双臂拄在床上，盯着我看我说话，一边听，眉毛一边拧在了一起。这个样子的她看起来仍然很漂亮。

我说完了，然后问她：“她是战龙领主吗？”

卡奥蒂摇摇头：“我说不清，那是她的事。”

“好吧。你看起来很烦恼。”

她浅浅地微笑了一下，把头靠回我的胸前：“对一个刺客而言，你真是相当敏感呐，塔托希大人。”

“首先，我不是刺客——关于我的传言你以前听太多了。其次，你也一样，程度还得翻倍。再次，‘塔托希大人’难道不是个外在的头衔吗？都明白啦？”

她咯咯地笑起来：“如你所愿，弗拉德。弗拉季米尔。”她又慢慢地重复了几遍，“弗拉季米尔，弗拉——季——米尔，弗拉——季米尔。弗拉季米尔。我喜欢，挺好的东方名字。”

“妈的。”我说，“帮我把这件该死的马甲脱了，好吗？小心别扎到你自己。”

片刻后，我俩紧紧地偎依在一起，我说：“莫罗岚和雅丽拉很可能会检查你的搭档，你知道。”

“嗯哼，他们什么也找不到的。”

“别那么肯定，卡奥蒂。他们以前曾让我大吃一惊呢。”

她啧啧嘴：“永远也别让你自己受惊，弗拉季米尔。”

我嗤了一声，不予置评：“我是认真的。他们一定要查出点什么东西来，你不必告诉我那是什么，但是你得好好想想。你跟她联系过吗？”

"当然了。"

"那么警告她一下。"

"你关心这个干吗？"

"哈！我不知道。龙蜥就是龙蜥，我猜。你对我来说不再是个威胁，而我也不知道他们为什么要来管闲事。更确切地说，是雅丽拉。莫罗岚同样不知道为什么要管闲事。"

"唔嗯……"

我耸耸肩，这使得她的头在我的胸膛上弹跳了一下。她吃吃地笑起来，这令我极为惊喜。你听过一个刺客吃吃笑么？真是荒谬透顶——

我决定出去，于是坐起来，把她挪开："我要去查看一下我们的主人，还有他们现在在做什么。"

"你真像个魔鬼，我亲爱的。到底是什么让你烦躁不安？"

"你叫我什么？"

她也坐起来，床单滑到了腰间，她愤怒地瞪着我："别想在我这儿蒙混过关，你这东方谋杀犯。"

"你叫我什么？"

"东方谋杀犯。"

"对，亲爱的，你是这么说了。我是说，你在这之前叫我什么？"

"弗拉季米尔……"

"噢，死门。我该走了。"我迅速地穿好衣服回到走廊，努力不让自己回头看她。我回到房间，护着受伤的半边身体，瘫倒在了床上。洛尤希因为我把它晾在一边好好地念了我一顿（就是字面的意思），然后我和克瑞加取得了联系。

"有什么新消息吗？"我问他。

"我得到了一些关于那些凤凰家族守卫的消息，他们不是单纯因为工作完成而撤出那片地区，而是完全从那里消失了。彻底失踪了。"

"好极了。嗯，我真高兴他们不在周围转悠了，让条子们去关心他们去哪里了吧。你有什么想法吗？"

“没有。”

“很好。我要你帮我找点东西。”

“当然。找什么？”

“你能找到的关于龙蜥之剑的所有东西。”

“你是开玩笑吗？”

“你觉得可能吗？”

“行，我大概过上个一百来年就能把消息带回来给你。弗拉德，我怎么？——”

“她以前曾经是战龙领主，很可能被驱逐了。”

“棒极了！那我是应该贿赂角犬还是战龙方面的人呢？”

“角犬的人会更安全些，但是战龙方面的人能给的帮助更大。”

“你在讽刺我。”

“我知道，我没讽刺你。”

他在心灵感应中叹了口气：“我知道我能做什么了。你是否介意告诉我这么做是为什么？”

真难办。我可不想让他知道他的头儿跟来杀他的刽子手勾搭上了。“噢，”我告诉他，“要是你认真去做的话，我相信你会自己弄明白的。”

安静。然后：“你想要找出她被驱逐的隐情，这样你就可以宣布她无罪，然后让她欠你一个人情，再把她送回拉里斯那儿。对吗？不赖嘛。”

嗯哼，完全不错。“聪明！”我告诉他。相当聪明。如果他查出来，我还得给他一笔奖金，“哦呵，去干吧。”我掐断了连接。我伸直身子躺在床上，毕竟，我真是相当需要睡眠了，还有，我也需要让感情得到节制。

我醒来后注意到的第一件事就是我的侧身还有背都不那么疼了，而且，事实上我的精神也振作起来。我又躺了一会儿，只是呼吸和享受这种感觉，然后强迫自己爬起来。除了感觉焕然一新之外，我也感到在衣服里都是睡觉时弄上去的脏东西。我剥下衣服，在角落里找到了一浴盆水，使了个小小的加热法术，然后洗了一把。做这些的时候，我竭力把卡奥蒂从我的脑海中赶出去，至少是一小会儿，把注意力集中在了我真正的问题——拉里斯身上。

克瑞加的点子相当不错，但它需要仰仗太多不受我控制的东西了。尽管如此，还是很值得去查验一番。而且也值得去核实凤凰家族守卫选择离开这个地区的缘由。他是如何安排这一切的？命令又是从哪里传达出去的？

我啃着指头，肥皂水弄进了眼睛里，那个问题，最起码地，我可以得到答案的。我把注意力集中在某个萨尔莫斯身上，他为莫罗岚工作并且直接向我汇报——

“谁呀？”芬多尔问。

“弗拉德。”

“噢，是的。老爷。”

*“我们需要点情报……”*我给他解释了我正在追查的东西，然后他同意去查验一下。我掐断了连接，一边洗澡一边和洛尤希聊天。最后我很厌恶地看了看那身脏兮兮的衣服，耸耸肩，开始把它们重新穿回去。

“看看梳妆台，头儿。”

“呃？”

不过我还是看了看：雅丽拉还真周到。于是我高高兴兴地换好衣服，让洛尤希落在我的右肩上，走出房门进了大厅。看来就好像我已经着手开始让一切都重新步人正轨了似的。真好。我溜达到图书室，发现里面空无一人，于是上楼到餐厅和其他起居室去。

我决定要做的第二件事，就是找出那个向克瑞加报告这次暗杀的人。事实上，我们从他那儿得到消息是个相当好的兆头。我最大的问题仍然是情报不足，这样做的话，可以帮助我开始解决这一问题。我考虑过再和克瑞加取得联络要他多做这一件事，但最后还是放弃了。正如大家说的那样：要是有人在背后支持着你，就放手让他去做吧。

我在第一间起居室里找到了莫罗岚和雅丽拉，塞丝拉也在。塞丝拉·拉沃德：高个子，苍白，长生不死，有点儿像吸血鬼。我听到的各种传闻都说她的年龄在一两万岁之间，这也是帝国本身的岁月中颇为重要的一段了。她的衣服以及浑身装饰都是黑色的，魔法的颜色。她住在玄虎山脉里，或许她本身就是玄虎山脉，因为并没有任何她或是她家人不住在那儿的纪录。玄虎

山脉本身就是一个谜题，不是我这样的人可以理解的谜题；这个说法同样适用于塞丝拉。

虽然，从身体上来看，她有着战龙家族高瘦的特征；然而她的吊眼梢和罕见的尖耳朵又会让人想到那些玄虎领主们。有谣言说她有一半的玄虎血统，不过我对此很怀疑。

对于塞丝拉，甚至对于大部分龙迦人而言，东方人的生命都不过转瞬即逝。大概这就是她对我如此宽容的缘故吧（莫罗岚对我的宽容缘于空位期，他年轻时曾经在东方人社会里生活过好几年；雅丽拉的宽容我完全搞不明白，也许她只是为了表示对莫罗岚的礼貌）。大多数龙迦人都听说过塞丝拉·拉沃德，但很少有人见过她。她曾做过帝国督军（当她还活着的时候）和拉沃德家族的上尉（当拉沃德家族尚存的时候），被看做是一个英雄；而在另外一些时间里，比如现在，她就被当做一个邪恶的女妖以及玄虎领主的诱饵。每隔一段时间，就会有一些初出茅庐的英雄们找上山来要消灭她，她只是让他们成为兹迦拉或是魇蛇家族的成员，然后送他们回去。我告诉过她这样一点用都没有，但她总是对此报以微笑。

我分别向他们每人鞠了一躬，然后说："谢谢你的避难所，塞丝拉。"

"不客气，"她回答说，"我很喜欢有你做伴。真高兴你已经恢复了不少。"

"我也是。"我坐下来，然后问他们，"你们几位战龙家族的模范成员能给我谈点凤凰卫队的事情吗？"

莫罗岚挑了挑眉毛："你想知道些什么？你要加入他们吗？"

"我可以吗？"

"恐怕，"他说，"你的种族不会让你这么做的。"

"但不是我的家族？"

他大吃一惊，瞥了一眼雅丽拉。

她说："一个龙蜥可以随心所欲地加入。我想，有那么一些人——估计，不是实际参与到终结这次事件里的那些，而是花钱买了龙蜥头衔免得无家可归的那些人。"

我点点头："那就是说不全是战龙了，嗯？这正是我想知道的。"

“噢，不是的。”雅丽拉说道，“绝大部分都是战龙，因为所有战龙都必须定期服役，不过也有来自其他各个家族的——除了恐枭，他们对此从不感兴趣；还有凤凰，他们自己的人手都不够。”

“假设有个战龙领主私人军队里的团长到了服役期，那他在卫队里也会是团长吗？”

“不会。”塞丝拉说，“卫队的等级制度和其他等级制度没有关系，私人军队里的长官还经常在他们自己的剑客手下服役。”

“我明白了。这引起过什么问题吗？”

“从来没有。”雅丽拉说。

“你为什么对这个有兴趣？”塞丝拉问我。

“事实上，那些执行帝国法令的守卫恰好在我们的朋友逮到我的时候离开了，这令我很困扰。我无法相信这只是个巧合。”

他们互相看了看。“无论如何，我都不能认同这个说法。”塞丝拉说。

“谁的决定导致了这一切？女皇的？还是领导卫队的某人？”

“女皇派他们去的。也应该是她下令撤退。”雅丽拉说。莫罗岚点了点头。

“相当好，”我说，“我认为她不会故意把自己牵扯进去，对不对？”三个脑袋一起摇了摇。

“那么会是谁给她建议说‘那是个最好的时机’，并且对她会立即行动充满信心呢？”

塞丝拉和雅丽拉一起看着莫罗岚——他比她俩更频繁地出没于宫廷内部，他用手指轻轻叩着椅子扶手。“她的爱人，”他说，“据说是个东方人。我从来没见过他，但是他凭着自己的影响力成为了她的顾问，不过，说实在的，大部分的建议都不会得到采纳。我相信她会认真听我的想法，但我不可能自欺欺人；而且，不管怎么说，我都不会提这样的建议的。她也会关注小塞丝拉的意见，但小塞丝拉对于东征以外的计划一概没有兴趣。”

塞丝拉·拉沃德点点头：“有野心很好。小塞丝拉是我所有学徒中唯一一个从来都没试图杀我的学徒。”

我转回去看着莫罗岚：“你想不出别的人来了？”

“暂时想不出来了。”

“那么好吧，还有什么？或许，来个假消息？马上就做，签名要如此这般……”

“谁，”莫罗兰说，“会给她写条子，而不是直接用心灵感应找她？”

“嗯，某个很少跟她说话的人，这样就很难直接联系到她，所以……”

“不可能的。”雅丽拉似乎有些困惑地看着我。

“不可能？”

“当然。任何一个公民都可以通过自己的连接找到泽丽卡。你不知道吗？”

“我知道……但是，她有好几千人呢……”

“不尽然，”她说，“要是她认为不值得浪费时间的话，就会把那个人灭了，这种做法让连接总数下降了相当多的数量。”

“噢——我父亲可从来都不肯说起这事儿，估计就是怕我乱来。不过，说到底，我还是没弄明白究竟是谁让她确信要收兵。莫罗岚，你在宫廷内是很受敬重的，能不能帮我查一下呢？”

“不行，”莫罗岚说，“我跟你解释过了，我不会做任何与龙蜥战争有关的事情，不管是直接的还是间接的。”

“对，好吧。”我很高兴看见雅丽拉厌恶地瞪了他一眼。然后我就想到，让女皇撤兵最简单的理由会是什么呢？内乱？某种侵略的威胁？

“克瑞加？”

“什么事，弗拉德？”

“去查查看有没有发生过什么需要召集凤凰卫队解决的事情。”

“好主意，头儿。”

“这可是我拿自己做代价换来的主意。”

然后我找到芬多尔，要他查看一下有没有可能存在外部威胁。运气好的话，大概一两天后就会知道了。我把注意力转回到其他几个人身上：雅丽拉和塞丝拉正深入到另一场谈话中去。

“当然了，”塞丝拉说道，“随她去吧。”

雅丽拉皱起眉头：“我们刚刚独立，塞丝拉。在确信帝国基业稳固之前，

我们负担不起派遣好几万军队去东方这个筹码。”

“这是怎么了？”我问。

“你引发了另一场辩论，弗拉德。”莫罗岚解释说，“雅丽拉反对小塞丝拉在帝国稳固之前就出兵东征，小塞丝拉则认为这样会有利于帝国的巩固，而我们自己的塞丝拉，”他朝她点了下头，“和我一样，认为既然塞丝拉——另外的那个——想要东征，那么有何不可？会有什么损失吗？他们不过就会在几百年或者一千年后重新把我们从那里丢出去而已。这就是征服者基兰把他们留在那里的原因——这样我们就有人可以与之争战而不至于自相残杀。”

对此我本可以说很多东西，但我什么也没说。

“这不是关键所在，”雅丽拉说，“如果我们把资源都消耗殆尽了，真正的敌人出现时又该怎么办？东方人现在不是我们的威胁了……”

“真正的敌人是谁？”塞丝拉说，

我站起来，让她们争论去。反正不管怎么说，这跟我一点关系都没有。

9

“我猜他们是想要见你”

我回到房间，决定再去找卡奥蒂，而且，十分期待晚上和莫罗岚、雅丽拉、塞丝拉共进晚餐。我突然意识到可以在玄虎山脉过得非常舒适，而克瑞加在事务所里保证一切运作正常。换句话说，就是我辛苦建立起来的一切正朝着死门瀑布滑过去。不是说克瑞加不尽职，而是有些事情必须要亲力亲为，而且我也离开了四天了。

“雅丽拉？”

顿了一会儿，才传来回应：*“什么事，弗拉德？”*

“有点事。我得马上回事务所一趟。请代我向莫罗岚和塞丝拉转达歉意。”

“随你便。不过别太勉强自己。”

“我不会有这种想法啦。”

“你需要帮忙传送吗？”

“要的，拜托了。真是太感激你了。”

“好的，我马上就下来。”她用声音结束了感应，站在我面前。该死的炫耀。我给了她一幅马拉克广场后面一条小巷的图画，然后再拉远了告诉她这里和亚德里兰卡城里她知道的部分的距离关系。她点了点头。

“准备好了？”她问。

“好了。”

我的胃里一阵翻江倒海，然后我就到了那里。本来也可以把自己刚好传送到办公楼外面，但是我想要看看周围，找找对这片地方的感觉，也给自己的肠胃一个恢复的机会。

在街道里穿行并不像听起来那么危险。尽管我没带保镖，可是不会有人注意到我就在附近。拉里斯可以对付我的办法就只有找个刺客在事务所旁边转悠，然后期待我会走着回去。我从来都不会这样“上工”，不过我很清楚他们都是和危险联系在一起的。你在一个地方待的时间越久，就越有机会让人认出你是做这个行当的人来。雇人做这种事情要比雇佣“剑”和“匕”进行单独清除要昂贵多了，所以我一点都不担心。

这位邻居似乎规矩多了，现在刚过晌午，黄昏以前此地不会有什么动静的，不过还是太安静了点。你有没有对城市的某个角落了如指掌，以至于可以立刻洞察它的状态如何？熟悉到了烤角犬腿的香味就能让你察觉异常状况。所以你就听得出小贩沿街叫卖的声音要比平时小声了那么一点点。小商贩和泽鼠们穿的衣服，或许，比以往要稍稍黯淡那么一点。上百个善男信女在二十几个小祭坛上给十来个神进贡的香火堆，是否让人觉得劳心烦神而非焕然一新？

我对亚德里兰卡就这么熟悉，而对它的状况也同样有几分了解。我并不需要和克瑞加通话来获知生意还没有复苏，当我逐渐走近事务所时一直考虑着这事。我发现了一件非同小可的事情：拉里斯并不为金钱担忧。

“当心，头儿！”

看在玄虎山脉那些尖峰的分上，别再来了！我当即卧倒，往右边一打滚，用膝盖撑着自己起来，然后就发现两个我从未见过的龙蜥刺客从两边包抄过来。两个，真是维拉的厚爱！两个都手持匕首，洛尤希在其中一个面前，撕扯着他的脸并且打算把牙齿扎进他身体。另一个突然在距离我只有几步的时候扑倒在地，身上钉了三把手里剑，我才意识到是我下意识把它们抛出去的。不错嘛，弗拉德。

我觉得天旋地转，一边扶着脚，一边搜寻更多的人。他们没有援兵，于

是我及时转身回来看那个倒地的人。在他倒下的瞬间，我看见纳尔出现在他身后，手中擎着一把大砍刀，刀锋上面鲜血淋漓。站在他旁边的是齐莫夫，也拿着一把刀子，焦虑不安地环视着四周。

“头儿！”纳尔喊了一声。

“不对，”我大声打断了他，“我是征服者基兰。这到底怎么回事？为什么他妈大下午的在他妈的事务所外面会有两个他妈的刺客在？”

齐莫夫只是耸耸肩。纳尔说：“我想他们是在找你，头儿。”

这年头每个人以及他们的亲朋好友都会插科打诨了。我推开他俩，一阵风地冲进事务所。我进去的时候梅勒斯塔夫给惊得跳了起来，但他看清是我之后就放松下来。克瑞加在事务所里，坐在我他妈的椅子上，并且非常热情地向我打招呼。

“噢，是你呀。”他说。

一……二……三……四……

“克瑞加，我可以请你把椅子还给我吗？”

“噢，当然，头儿。抱歉。怎么，艰难躲避刺客的一天？我猜你是想要来点刺激的，不然为什么会从他们中间走过也不告诉任何人你来了？我是说，这样会更容易——”

“你就别添乱了！”

他站起身来：“随你说吧，弗拉德。”

“克瑞加，这周围就只有这么点运作量么？”

“运作量？”他问道。

我指了指外面：“噢，没什么。”

“没什么？你是说‘没生意’吗？”

“基本上没有。”

“但那些刺客是怎么回事？”

“我不知道他们在那儿，弗拉德。你觉得我会把他们放那儿不管吗？”

“可他们一定花了拉里斯不少钱。”

他点点头。我被梅勒斯塔夫的心灵感应打断了。

“什么？”

“纳尔在这儿。”

“让他进来。”

他进来了：“头儿，我……”

“稍等，有三件事：第一，把那家伙解决得很漂亮；第二，下次我希望你们在对方侦察到我之前先发现他们；第三，下次我要是还这么惹眼，你们就给我把招子放亮点，不然我就割了你们的喉管放点血。明白没？”

“明白，头儿。抱歉。”

“我认为这是你想要的，”他把我的手里剑扔在我的桌上，上面沾满了血，“我还记得你说不喜欢把它们留在附近，而且——”

我站起身，绕过书桌，从斗篷里摸出一把匕首。不等纳尔有所反应，就已经把刀子插进了他的胸膛，从第四和第五根肋骨间穿过，斜向上戳进去。我走出去时，他满脸的震惊，然后倒了下去。

我转身朝向克瑞加，仍旧无法抑制地感到恐惧和无情的愤怒。而且，我的背还有侧面的伤都好像是巨大的混沌海似的：“克瑞加，你真是个很有管理才能的刺客。不过如果你什么时候想要自己开一块地盘，就尽量离我远点；否则就学学怎么保持规矩。这家伙不笨，他应该懂得不该拎了还沾着尸体血液的杀人凶器进来这个道理。我不在的这四天里，你设法让每个人都相信他们在这附近不用再担心什么，但结果就是我差点在自己门口被人给宰了。你个狗娘养的，我们在谈论的是我的性命哎！”

“放松点，头儿。别——”

“闭嘴！”

“现在，”我接着说，“看看你能不能把他复活了。掏你自己的腰包。要是不能，你恐怕得怀着敬意给他的亲属一份抚恤金。懂不懂？”

克瑞加点点头，看起来相当的沮丧。“我很抱歉，弗拉德。”他说，看起来还想找点什么事来说。

我走回桌旁坐下，向后仰过去，摇摇头。在大多数问题上，克瑞加都算不上失职。我真的不想失去他，在这以后，可能得做点什么来表示我对他的信任。我叹了口气："好吧，让我把它忘记吧。现在我回来了，有些事想要你去做。"

"什么？"

"纳尔也不是完全错误。我不该把手里剑留在尸体上，不过他也不该把它们重新带回来给我。我不清楚帝国是不是曾经雇佣过术士，不过要真是这样，一个术士就能回溯出武器使用者的模样来。"

克瑞加默默地听着，他对秘术一无所知。

"是身体辉环的缘故，"我解释说，"我周围的所有东西，不论它在我身边的时间长短，都会得到一种精神上的'气味'，这样术士就能鉴别出来。"

"那你打算怎么办？你不能指望总是带着那些武器吧。"

"我知道。所以我基本上隔个两天左右就更换武器，这样就没什么能够在身边待到沾上我的辉环那么久。我准备开一张全套武器的清单，要你去把它们置办好并且配好套。我以前用过的都放在一个箱子里，你可以把它们拿去交换，这样能省点钱。如何？"

他满脸惊诧。嗯，我一点也不惊讶。我给了他相当多的信任让他知道我隐藏在周身的武器都是些什么，即使他并不可靠，我也还有几把后备的。不过他还是点了点头。

"很好，"我说，"一小时后回来，到时候我就能把单子拟好了。要记得它，然后把它毁了。"

"明白，头儿。"

"很好，去吧。"

"头儿……"

"抱歉对你发火了，洛尤希。你对那个刺客做得真不赖。"

"谢了，头儿。别担心，我明白。"

我可以确信，洛尤希总是什么都明白。只是当我写单子时，才又感到一阵阵后怕起来。我在胃袋完全倒空之前赶紧找了个垃圾桶，然后倒了杯水漱漱口，让梅勒斯塔夫把桶拿出去洗干净。在我拟那张给克瑞加的单子之前，坐在那儿战栗了好一阵儿。

我把单子给了克瑞加，他拿着去照章采购了。片刻后，我收到梅勒斯塔夫的消息。

“头儿……有人想要见你。”

“谁？”

“制服佬。”

*“噢，见鬼。嗯，我不该吃惊的。”*我确认了桌上没有会被控告的东西之后，*“好吧，让他们进来。”*

“你觉得这会有多糟，洛尤希？”

“你永远可以要求正当防卫，头儿。”

门开了，两个穿着凤凰家族金色制服的龙迦人大踏步走进来。其中一个轻蔑地环顾四周，好像在说：“啊，这就是那渣滓的生活方式。”另一个则用同样的表情上下打量着我，就好像在说：“而这就是那个渣滓。”

“幸会，大人，”我说，“我要如何为帝国效劳呢？”

看着我的那个人说：“你就是塔托斯的准男爵弗拉德？”他的发音不是“塔托希”，而是“塔托斯”，所以他肯定写过那些廉价公告。

“塔托希准男爵听候您的吩咐，”我说，“很乐意为您效劳，大人。”

另外那个人转头瞥了我一眼，轻蔑地哼了一声：“我很确信。”

先说话的那个问我：“你知道些什么？”

“关于什么，大人？”

他给同伴使了个眼色，后者立刻关上了门。我深深地吸了一口气，缓缓地呼出来，知道接下来要有什么了。嗯，这种事偶尔会发生。门一关上，说话最多的那个就会从腰带上拔出匕首来。

我吞了口口水说道：“大人，我很乐意帮忙——”在那把握在他手里的匕首朝我猛刺过来，扎向我的脑袋之前，我只来得及说出这几个词。我从椅子里弹飞出去，跌落在墙角里。

“洛尤希，什么都别干。”

顿了一会儿：*“我知道，头儿，可是——”*

“别乱动！”

“好的，头儿。待在那儿。”

刚刚攻击我的人这会儿上下打量着我：“有两个人在门口被杀了，龙蜥。”他的声音听上去咬牙切齿，“对此你知道些什么？”

“大人，”我说，“我不知道——噢哟！”他一脚朝我的肚子踢过来。我刚好看清，来得及往前挪，于是他没踢到我的心窝。

另外那个靠了过来：“你没听见吗，门萨？他不知道什么是性感。怎么样？”他扇了我一巴掌，“我想我们该把他扔进军营，你觉得呢？”

门萨咕哝了几句，仍旧上下打量着我：“我听说你是个恶棍，胡子佬。是真的吗？”

“不，大人。”我告诉他。

他点点头，对另外那个说：“不是龙蜥，只是只泽鼠。看他蠕动的样子，你不觉得恶心吗？”

他的搭档说：“那两桩凶杀案怎么样，泽鼠？你确定你真的什么都不知道？”他伸手把我提了起来，于是我的背抵在了后墙上，“你真的确定吗？”

我说：“我不知道——”然后他就用匕首的柄抵住我的下巴，那把匕首之前一直藏在他手里。我的头嘭嘭地撞在墙上，只觉颌骨都快要碎了。我一定是当即就失去理智了，因为我竟然不记得要朝地板滑下去。

然后门萨开口说：“把他交给我。”

另外那个守卫同意了：“不过当心点。东方人都很诡，想想上一个。”

“我会小心的，”他看着我，微笑着说，“最后一次，”他说，“你对外面那两个死人知道些什么？”

我摇摇头，疼痛感像火一样灼烧着我；但是我知道试图交谈只会引来更多伤害而已。他举起匕首，柄朝上，向后挥动手臂想要好好地来上最后一击……

我不知道整个事件经过了多长时间。这绝对是我最糟糕的经历了，不过如果他们决定把我带回军营，情况恐怕就会更糟糕。凤凰守卫从来没有受命殴打龙蜥、东方人或是其他的什么人，但就是有些人不喜欢我们。

这顿殴打来得实在怪异。我以前也被打过，这是我依照自己的规矩而不

是帝国的规矩生活的代价。可这次是为什么呢？那两个死人是龙蜥，帝国守卫对这种情况通常的反应都是：让他们自相残杀去，我们懒得理会。可能有另外的理由来痛殴一个东方人或者龙蜥，但他们看起来真是对什么事情相当生气。

我躺在事务所的地板上，这些思绪在疼痛带来的迷糊中凸现出来，我尽可能地把注意力集中在这顿殴打背后的理由上，这样就不会去想我身上每一寸地方都有多痛。我知道有人在周围，但却睁不开眼睛看看他们都是谁，他们都在窃窃私语。

过了一会儿，我听见梅勒斯塔夫说："她来了，都退后。"接着就传来长衣服拖过地板的声音，还有气喘吁吁的声音。我想我看起来肯定狼狈极了。

那个新来的人说："都离他远点。"我认出了那个声音，很惊讶，同时也感到一些安慰，那是雅丽拉的声音。我试着强迫自己睁开双眼，但还是做不到。

我听见克瑞加问："他怎么样，雅丽拉？"但她选择不予回答。不需要对此进行说明意味着我的状况实在很糟糕。雅丽拉相当蔑视克瑞加，所以在可以不回答的时候她都不会对他说话的。

"克瑞加……"

"你还好吗，弗拉德？"

"不好，不过别担心。他们似乎是为某些细枝末节发疯了，你有什么看法吗？"

"有。当他们……他们在这儿的时候，我让达伊玛进行了侦测思想。"

"克瑞加，你知道我不愿让达伊玛知道——算了，他找到了些什么？"

我们被雅丽拉的声音打断了："睡吧，弗拉德。"我正要争辩，却发现她并不只是在提建议。我看见了那道暗淡的绿光，然后我睡着了。

再次醒来时，雅丽拉在我身边，那幅玄虎和龙蜥的画也在，我明白我又恢复知觉了。我挪动着僵硬的肢体，发现尽管伤还没好，但那种火辣辣的灼痛已经基本上被隐痛感所取代——雅丽拉是个非常优秀的治疗者。

"我最好在这儿过活算了。"我说。

"我听说了事情的经过，弗拉德，"雅丽拉说，"作为战龙家族的代表，我

向你道歉。”

我咕哝了一声。

“殴打你的那个人——他叫门萨？四个月后他就会被解职。”

我觉得眼睛在试着睁大。她的嘴唇紧紧地抿在一起，眼睛是灰色的，双手握成拳头，放在身体两侧。“四个月，”她重复了一遍，“然后就可以把他当做猎物了。”

“谢谢你，”我说，“很感激你提供的消息。”

她点点头。战龙领主就是战龙领主，都讨厌龙蜥和东方人——但他们并不赞同攻击毫无还手之力的人，而且雅丽拉对龙蜥的行事作风相当了解，知道如果帝国代表想要收拾一个龙蜥，对方只能逆来顺受。不过，我估计，那个守卫身上应该有什么东西，关注着我们一次次逃避那些要逃避的东西，就是那个阻碍了他们。站在我的立场上，不管在我身上发生了什么，我都不会感到在道德上被人凌辱。我只想把那家伙的手臂扯下来……四个月。

“谢谢你，”我又说了一次，“我现在有点困。”

“好的，”她说，“我一会儿回来。”

她离开了，我和克瑞加取得了联系：*“你想说什么？”*

“弗拉德！你还好吗？”

“你认为会怎样？现在，告诉我达伊玛查到了些什么？”

“那两个守卫前两天刚刚被派出来，因为别的地区需要他们。东方人的街区发生了一些骚乱。这大概就能解释他俩为什么把气撒在你头上，我猜他俩现在随便见到哪个东方人都很不爽。后来这几天又有别的针对东方人的暴力活动，有些人直接被打死了。”

“知道了。那应该不是很大规模吧，不然我们早该听说了。”

“规模不大。很小，也很短，相当血腥。达伊玛能找到的就是这些，我正在查验，也只能根据一般的原则推测。”

“好的，这样一来谜团就解开了。现在要问的是：谁制造了这起骚乱？拉里斯。我们得找出他是如何对那地方施加影响的。这比他管辖的任何一个项目离南边都要更近。”

“好的，我回去看看能找出什么来。不过，别抱太大希望。”

“不会的。另外那件事情上有没有什么进展？”

“有一点，不过我觉得没什么用。她叫诺拉莎，是埃·兰亚家族的后裔。我还找到一些关于她被家族驱逐的情况，不过—— 还不是详细资料。”

“好的，继续干吧。下一点：拉里斯如何付得起钱让刺客蹲在我事务所外面的？”

“嗯，你不是说‘剑’和‘匕’都把报酬退回去了么？”

“对，但这不是问题的关键。他怎么雇得起她们的？再加上在东方人街区引发骚乱的那一堆开销，他哪里来的钱？”

“呃……我不知道。我猜他的现金大概远远超出我们的想象。”

“很对。但他怎么弄到钱的？”

“搞不好跟你的方式一样？”

“这也是我所想的。搞不好有个很富有的人作他后台。”

“很有可能，弗拉德。”

“那么，我们观察一下好了。”

“当然。要怎么做？”

“我不知道。想想吧。”

“明白。还有，弗拉德……”

“嗯？”

“下次你来之前，先通告我们一声，好吗？”

“行。”

连接切断之后，我找到了黯堡的芬多尔，把那个骚乱的消息告诉他，让他尽可能多查一些相关的东西。然后就真的睡着了。

“起床啦，头儿！”

就好像是骑兵连里传递警报的鼓声一样。我坐了起来，在毯子底下握住了一把匕首，看着

“午安，弗拉季米尔。你手里拿的是一把匕首吗，还是说你看见我很高兴呢？”

“两个都是。”我说，一面掩住了刀刃。她过来挨着我，我挪了挪让她坐下。我们浅浅地吻了一下。她退后了一点，仔细打量着我。

“发生了什么事？”

“说来话长。”

“我一无所有，除了时间。”

我把发生的事情都告诉了她。她摇摇头，然后，在我说完时，抱住了我。

哇哦。

“现在呢？”她问。

我说：“你或者你的搭档会给朋友打折吗？”

“你呢？”

“我不打算。”

她把我稍稍地抱得更紧了点。

“你们俩是不是更希望我出去，头儿？”

“可能暂时得这样。”

“哼，要是你没注意到的话，我可是会很尖刻的。”

“我注意到了，闭嘴！”

“顺便说一下，弗拉季米尔。塞丝拉要开个宴会。”

“真的？要庆祝什么？”

“庆祝我们都还活着。”

“嗯哼，他们大概还想从你和诺拉莎这儿追问出点情报来呢。”

“估计他们会——你是怎么知道她的名字的？”

我得意地笑了起来。

“我猜，”她说，“我只是不小心把这个情报泄露给了你。”

“我猜也是。”我说。“好了，洛尤希，你现在可以走了。”

“蠢货。”

“对。”

10

“我不喜欢杀死我的客人”

可以把宴会分成几种类型：一种是正式的宴会，有优雅的布置，精心挑选的红酒，还有经过彬彬有礼的谈话；然后就是龙蜥的业务会议，大半时间里你都可以把食物忽略不计，因为一旦忽略一句评论，甚至一个眼神，结果都有可能致命；还有就是和某人的安静、非正式的约会，这种场合下食物和对话都不重要；此外还有“抢食比赛”，它的理念就是尽量把抢到手的食物咽下去，根本没时间来聊天说笑；接着，就是“好晚宴”，食物是人们出席的唯一理由，交谈基本上对吞下它们没什么帮助。

还有另外一种宴会：在玄虎山脉深处，与一个不死女主人，一对战龙领主，一队龙蜥刺客——其中一个还曾经是个战龙，另外一个则是个东方人——一起坐在一张布置精美优雅的桌旁共进晚餐。

这类宴会上的对话内容完全无法预知。

宴会的大部分时间里，莫罗岚都在用魔法演奏旋律，这些咒语在一般的典籍里都没有记载，可能也不该有。我相当享受这顿饭——主要是因为我紧挨着卡奥蒂（偶然？在雅丽拉周围？哈！），我俩基本上都专注于桌子下两条腿

的小动作。洛尤希对此作了些评论，不过我不想复述了。

然后，正当我心猿意马的时候，谈话内容变了。雅丽拉突然开始和那个被称做“龙蜥之剑”的女士互相嘲弄、比较战龙和龙蜥的行事作风，我立刻就警觉起来。雅丽拉不会临时起意做任何事。

“你看，”雅丽拉说，“我们只杀那些活该去死的人，你们是为了钱才杀那些被点名的人。”

诺拉莎假装出很惊讶的样子：“但是你们也会得到报酬的，不是吗？只不过硬币不一样而已。一个龙蜥刺客会得到金币作为报酬，大概吧，我假设是这样——我从来没见过。从另外一个角度来说，一个战龙是以满足他的杀戮欲作为报酬的。”

我偷偷地笑了几声：我们先得一分。雅丽拉也微笑着举起了酒杯。我仔细打量着她，是的，我确定，她不是在作什么无用的龙蜥式嘲弄——她是在搜索什么东西。

“那么，告诉我吧，”雅丽拉说，“你认为用哪种硬币支付更好一些呢？”

“嗯，我从来不用杀戮欲买东西，不过——”

“这个好说。”

“真的？你拿它买什么？请告诉我吧。”

“帝国，”雅丽拉·埃·基兰说道，“帝权。”

诺拉莎·埃·兰亚挑起了眉毛：“帝权？我的女士，我要它有什么用？”

雅丽拉耸耸肩：“我相信你会明白的。”

我扫视了一下房间内部。塞丝拉坐在桌子右边的尽头，正紧紧盯着雅丽拉看；莫罗岚坐在她右边，也在做同样的事；诺拉莎坐在他旁边，也在仔细打量着坐在桌子另一端的雅丽拉；卡奥蒂坐在她旁边，我的左边，看着诺拉莎。我想知道她的面具之下究竟隐藏着些什么。我总是很想知道别人的面具下面都掩藏了些什么东西，有时候，也很想知道我的面具下面都有些什么。

“那玩意儿对你有什么用处？”诺拉莎问她。

“等轮回改变了再来问我。”

“呃？”

“我，”她说，“是现在的战龙继承人。在我到来之前，是莫罗岚。”

我回忆起曾经有人告诉过我雅丽拉的“到来”——从亚德隆的天灾中硬闯出来，那场灾难曾经在400多年前使帝国土崩瓦解，穿越时光，又落在一些泽鼠的麦地中。后来有人告诉我塞丝拉也插手了这件事情，这比其他的方法更让它显得真实可信。

诺拉莎看起来有点好奇，她的目光落在了雅丽拉脖子上的龙头坠饰上。所有的战龙领主都会在显眼的地方佩戴一个龙头装饰。雅丽拉戴的这个用蓝宝石做了一只眼睛，另一只眼睛则是一颗绿宝石。“埃·基兰，我知道。”诺拉莎说。

雅丽拉点点头，就好像已经做了解释。

我问道：“我错过了什么？”

“这位女士，”雅丽拉说，“毫无疑问地对我的血统感到好奇，还想知道为什么我现在是王位继承人。我估计她已经想起来亚德隆有个女儿了。”

我说：“噢。”

我从未那么迫切地想要知道雅丽拉是如何成为王位继承人的，尽管从我被介绍给她的那天起她就是了。但是，和那个把整个城市变成冰冷的混沌海中的一个沸腾池子的男人的女儿坐在同一张餐桌旁边，还真是有点叫人惶恐不安。我相信我需要一段时间来习惯这个。

雅丽拉继续向诺拉莎解释道：“战龙长老会在检查我的血统后就把决定通知给了我，这就是我对遗传学的兴趣如此浓厚的原因。我真希望能证明我身上有点什么缺陷，什么地方都好，这样在轮回改变的时候我就不必做女皇了。”

“你是说你不想做女皇？”我问她。

“亲爱的准男爵，不想！我再想不出比这更无聊的事情来了。从我回来以后就一直在想办法摆脱这种事。”

“噢。”

“你今天的谈话内容可真有趣呀，头儿。”

“闭嘴，洛尤希。”

我把所有的这些都在脑子里过了一遍。“雅丽拉，”我最后开口道，“我有个问题。”

“嗯？”

“如果你是战龙的继承人，那是不是可以说在你之前，你的父亲也是继承人？如果他是继承人了，那他为什么还要首先试图发动政变呢？”

“两个原因，”她说，“第一，当时凤凰的统治已经呈现颓势，但是在轮回改变时皇帝拒绝下台。第二，爸爸并不是真正的继承人。”

“噢。真正的继承人是在空位期死的？”

“差不多，是那时候。有一场战争，然后他被杀了。有传闻说他的孩子并不是个战龙。不过实际上，那也是天灾和空位期以前的事了。”

“他被杀了，”我附和道，“我知道。那个孩子呢？不，别告诉我。她被家族流放了，对不对？”

雅丽拉点点头。

“是哪个家族呢？埃·兰亚，对吧？”

“完全正确，弗拉德。你怎么知道的？”

我看着诺拉莎，她正盯着雅丽拉看，好像眼睛都要瞪出来了似的。

“还有，”我接着说，“你应该已经检查过她的基因，然后你发现了，看吧，她是个货真价实的战龙领主。”

“是的。”雅丽拉说。

“而如果她父亲真的是继承人，那么……”

“说得对，弗拉德，”雅丽拉说，“名正言顺的继承人应该是诺拉莎·埃·兰亚——龙蜥之剑。”

时间最有趣之处就是在它静止之时，你虽然会老去，但阴影却一点也不会伸长。我先看看卡奥蒂，她正看着诺拉莎，后者则把目光集中在雅丽拉身上；塞丝拉和莫罗岚也看着雅丽拉，她却没有把注意力集中在我们看得见的东西上。她的眼睛——现在是浅绿色的了——映着烛火闪闪发亮，看着某个我们还无权看到的东西。

现在，当轮回不再运转，岁月不再流逝，日子不再变得更光明或是更晦暗，甚至连烛火也不再闪动，我们开始用一种全新的视角来看待事物。我先

看着我的爱人——刚刚杀了我的人，她又看着她的搭档，那个本应该是战龙继承人——在下个循环里——的人。这位战龙领主兼刺客兼公主兼随便什么，正和雅丽拉·埃·基兰对视着，后者是基兰之剑，寻路者的所有者，亚德隆的女儿，现在的继承人等等。

时间最有趣之时就是在它静止之时。在那些时候，它失去了自身的内容，成为了（也许吧，大多数东西都很有可能的）它的对立面。它甚至会比原先那种山崩地裂的状态更为强有力。

甚至有力量摧毁那张掩盖着变成龙蜥的战龙的面具。

然后，很短的一会儿，我看了诺拉莎一眼，清楚地看见她，曾经是战龙领主的她，在我眼中展现骄傲、憎恨、彻底的顺从、忠诚以及勇气。我又转了一下身，像你这么耐心认真地听着我说话的人，一定会感到很奇怪，可我真是忍受不了疼痛了。

“你什么意思？”她轻声问道，世界又恢复了运转。

雅丽拉没有回答，于是塞丝拉开口说道：“在这一轮回中凤凰执政的早期，空位期之前，战龙长老会就举行了集会来推选继承人。最终决定当那个时刻到来时，由埃·兰亚家族继位，这一最显赫家族的成员是米尔拉女士、柯莱耶领主以及她们的女儿，诺拉莎。”

诺拉莎摇摇头，又低声说：“我对这些都没有印象了，我那时还只是个孩子。”

“有人提出指控。”塞丝拉说，“柯莱耶领主，你的父亲于是和他的原告进行了对抗。那是一场战争，然后你的父母被杀了。法师们对你进行了鉴定，认为你血统不纯。”

“可是——”

“雅丽拉对你进行了检查：那个最早做出鉴定的法师错了。”

我插了一句：“犯这种错误有多难？”

雅丽拉现在反应过来了：“不可能。”

“我知道了。”我说。

“我知道了。”诺拉莎说。

我们坐在那儿，或是低头看着桌面，或是环顾房间，每个人都在等着有谁提出那个显而易见的问题来。最后，诺拉莎问了："谁进行的检查，还有谁提出挑战的？"

"最初进行鉴定的，"塞丝拉说，"是我的学徒，小塞丝拉。"

"她是谁？"我问。

"正如我说的那样，是我的学徒——那一大群中的一个。她做学徒——我看看——差不多是1200年前的事情了。她对我一直很尊敬，最后得到了我的名字。"

"战龙领主？"

"当然。"

"好的。很抱歉打断你。你刚刚说到了鉴定。"

"是的。她把鉴定结果带给我，我又把它们交给了战龙长老会。长老会有一个三人互相制约的委员会。其中一个是巴瑞特领主——"莫罗岚、雅丽拉和我互相使了个眼色，我们曾经在亡者之路上和他的幽灵碰过面，对那个老先生留下了3 个截然不同的印象。塞丝拉接着说："此外就是作为专家的恐枭家族成员，还有来自角犬家族，确保一切正常顺利进行的人。委员会对此进行了证实，于是长老会也只能照章办事了。"

诺拉莎问："是谁提出指控的呢？"

"是我。"塞丝拉·拉沃德回答道。

诺拉莎站起身来，目光灼灼地逼视着塞丝拉，我几乎能直接感受到她俩中间那股涌动的灼热气流。她从牙缝里一字一顿地挤出话来："我可以把我的剑拿回去了吗，夫人？"

塞丝拉一动不动。"随你便，"她说，"不过，我还有两件事要说。"

"说吧。"

"首先，我提出指控，是因为我必须履行战龙家族成员的义务。其次，我对此并不像莫罗岚大人那么狂热，我不喜欢杀了我的客人。记得我是谁，女士！"

她一边说着，一边站起来，拔出了"冰焰"—— 一把长而直的匕首，刀刃大约有1 2 英寸长，泛着淡蓝色光泽，刀身金属也是一样的颜色。只要有毛虫

那么点心灵感应能力的人都会认得这是一把魔甘提武器，人如果被这种武器所杀，就再也不会有复活的机会了。而每一个知道那些有关塞丝拉传闻的人，都会认出这就是“冰焰”，一把强大的武器，十七神兵中的一把。在玄虎山脉内部、下面、周围隐藏了一种神秘的力量，“冰焰”就仰赖于这种力量。目前已知能和它相匹敌的武器，就只有弑神者剑和皇帝的圣珠了。洛尤希钻到了我的斗篷下面，我屏住了呼吸。

在那一刻，我感到，而不是看到，一把刀子落入了卡奥蒂的手中。我感到一种忠诚心在撕扯着我，几乎和身体上的疼痛一样剧烈。要真的打起来了，我该怎么办？我自己的反应能不能快到阻止卡奥蒂，甚至对塞丝拉发出警告？我能不能允许自己看见塞丝拉的背上被别人捅刀子？恶魔女神，替我想个办法啊！

诺拉莎回瞪着塞丝拉，然后说：“卡奥蒂，不要。”卡奥蒂静静地叹了口气，我则无声地向维拉祝祷致谢。然后诺拉莎对塞丝拉说：“如果可以的话，我想要我的剑。”

“然后，你就不打算听听我的理由了吗？”塞丝拉说道，声音很平静。

“相当好，”诺拉莎说，“说吧。”

“谢谢。”塞丝拉把“冰焰”放到了一边。我松了一口气。塞丝拉坐下来，过了一会儿，诺拉莎也坐了下来，但目光仍然片刻不离塞丝拉。

“我听说，”玄虎山脉的黑夜女士说，“你的血统有问题。说白了，我收到的消息说你是私生女。很抱歉，但我听到的就是这样。”

我专心地听着。龙迦人私生子的数量要远远比东方人的稀少，因为一个龙迦人不可能意外怀孕——差不多我听到的就是如此。通常来说，只有在一方不育的情况下，才可能有私生子的产生（不育症几乎不可治愈，在龙迦人中更是极为罕见）。私生子，作为一种侮辱，对于龙迦人来说要远比对东方人致命得多。

“此外，还有人告诉我，”她接着说，“你真正的父亲不是战龙。”诺拉莎仍旧一动不动，但右手已经紧紧抓着桌子了，“你是战龙继承人中年纪最大的孩子，如果这是真的，那么肯定会引起长老会的注意。”

“我本来可以，”她说了下去，“带着擅长遗传鉴定的学徒，潜入到你父母的家里去。”雅丽拉轻得几乎听不见地叹了一口气，我猜想她对小塞丝拉的能力有着自己的看法，“然而，我却没有那么做。我直接和柯莱耶领主对峙，他认为自己受到了侮辱，拒绝接受鉴定。他向我宣战，接着就派来了军队。”

她叹了口气：“我都数不清来了多少军队想要占领玄虎山脉。如果这能让他得到什么安慰的话，他还真是个专横的战术家，当然无愧于埃·兰亚的血脉。但我的援兵只有几个朋友，一支雇佣军队，再就是玄虎山脉本身了。他给我带了一点麻烦，但从来就没有怀疑过这个问题。这场交战的最后，你的双亲都被杀了。”

“怎么会？”她问，声音就好像从牙缝里挤出来似的。也是个好问题。他们为什么没有被复活呢？

“我不知道。他们都参加了战斗，但我没有亲手杀他们。两个人的头上都有相当深的伤口，似乎是魔法造成的。除此之外，我就不能告诉你了。”

诺拉莎几乎不为人察觉地点了一下头。塞丝拉接着说：“当然，在形式上我占有了他们的城堡。

“我们在那儿找到了你，我想，你那时候大概才 4 岁。我让我的学徒进行了鉴定，剩下的你都知道了。我将你的城堡交给了家族议会，不知道后来怎么样了，或者说你父母的领地如何了。也许有什么亲戚……”

诺拉莎又点了点头。“谢谢，”她说，“不过几乎就没有什么改变——”

“还有另外一件事，就是如果我的学徒错了，那么这个错误必然会反馈到我这里来。此外，很显然是我的举动导致了这个结果。我相信雅丽拉在遗传学方面的能力胜过任何人，而她说你是两位战龙领主的结晶，两个都是，有着埃·兰亚家族的性状。我想知道发生了什么。我打算研究清楚。要是我杀了你，这就会变得更为困难。当然，如果你把我毁灭了，这就完全不可能了。如果你能在我检查完成之前压抑住任何的挑战欲，我都会对你感激不尽的。然后，如果你愿意，我可以提供任何一种你点名的挑战方式作为款待。”

“任何一种？”诺拉莎问，“包括只用刀剑打斗？”

塞丝拉嗤了一声：“如果你想要的话，包括龙蜥决斗。”

最起码在她坐下来的时候，诺拉莎的嘴角上带了一点点微笑的影子："我接受你的条件。"卡奥蒂和我都松了一口气。而莫罗岚和雅丽拉，就我所知道的，对此很感兴趣，但并没有表现出来。

莫罗岚清了清嗓子，然后说："那么，我们应该只就我们要如何继续进展下去进行讨论。"

塞丝拉说："告诉我，如果有什么阴谋的话，巴瑞特有没有可能被卷进来？"

雅丽拉的"不会"和莫罗岚的"会的"在同一时间说了出来。我吃吃地笑了起来。雅丽拉耸耸肩，说："嗯，可能吧。"

莫罗岚嗤了一声。"不管怎样，"他说，"他们看起来会有本事愚弄一个恐枭吗？而且一个恐枭会卷入到一桩这样的阴谋中来吗？更不用说一个角犬了。如果像你说的那样，这是一个阴谋的话，他们就不得不说服那个恐枭出手帮忙，但我对他们能否做到这一点相当怀疑。而且世界上也没有哪个角犬会掺和进去——这也就是他们会被包括在这种事务中的原因。"

塞丝拉自己也点了点头。

我说："很抱歉，但是在类似这种事情中如何让一个角犬和一个恐枭来帮忙呢？我是说，你们是到角犬家族里去大喊'我们要做一个血统检查，有人要帮忙吗？你们怎么做的？"

塞丝拉说："关于角犬家族方面，是提出了正式的请求，通过帝国方面，作为一个家族的援助。关于恐枭方面，有人提议说让一个知道或听说了此事的法师参与进来，长老会也批准了。"

"那么，角犬家族就很可能选择一个对这种事很熟悉的人来了？"我补充了一句。

塞丝拉点点头。

"好的，"我说，"不过——雅丽拉，要在一个血统检查中做手脚有多困难？"

"需要用一个繁复的幻术，"她慢慢地说，"如果那个做检查的人不胜任的话。"

“如果他完全胜任呢？”

“那他就绝不可能被愚弄。”

“那么小塞丝拉可能被愚弄吗？”

“轻而易举。”她嗤了一声。

我瞥了塞丝拉·拉沃德一眼，她似乎不为所动。我暂时把它放到了一边：“那么巴瑞特呢？”

“不可能。”雅丽拉说。

莫罗岚赞同道：“他是最不可能不胜任的。”

“所以，”我继续说，“如果有人施放了一个法术想要使她看起来血统不那么纯正，巴瑞特肯定可以洞察内情，那角犬很可能被骗了。”

“弗拉德，”莫罗岚说，“那个恐枭也会洞悉内情的——你必须说服我相信你的说法。”

“这个我还没想清楚，”我承认道，“还有一个问题，塞丝拉，小塞丝拉是如何首先听说这件事的呢？”

“我不知道，弗拉德。毕竟那是400 多年前的事情了。”

“在你的岁月里，塞丝拉，那不过是昨天的事情罢了。”

她抬起一条眉毛，眼睛瞟向左上方，似乎正在回想。她说她是从一个和米尔拉女士一块儿喝酒的人那里听说来的。她说那是米尔拉女士告诉了她的朋友，她的朋友又告诉了她。

“那个朋友的名字呢？”

她叹了口气，往后倒进椅子里去，又把手搁在头顶，头向后仰去，眼睛直翻向上。我们坐着，几乎屏住了呼吸。突然，她直起身来：“弗拉德，那就是巴瑞特。”

为什么？我想知道，这难道不让我惊讶吗？

我摇摇头：“要是你的人想去查明白巴瑞特究竟知道些什么，我能告诉你去哪儿找他，但别指望我会跟你一起去。我去过死门一次，这辈子——起码我活着的时候——不想再去了。我还有自己的问题：有人想要把我弄到那里去，只是个象征性的说法而已。”我补充了一句，“我知道他们不会让东方人进去

的。”

“总之，”我接着说，“塞丝拉，你还记得那个角犬是谁吗？”

“我完全不知道，”她说，“我在这件事中负责的部分已经结束了，我也不想再跟此事有更多瓜葛。他们要进行第二次鉴定的时候我也没有参与。”

“噢，那我可以推测你也不知道那个恐枭是谁啰？”

“很对。”

“记录里都有，”雅丽拉插进来，“我们可以查出来的。”

我点点头：“我想目前除此之外就没什么要做的了，对吧？”

塞丝拉、雅丽拉和莫罗岚都点了点头。诺拉莎和卡奥蒂在整个过程中都面无表情地看着我们。我突然想到，牵头调查战龙家族相关历史对我来说可真是太荒唐了。不过，某种意义上，调查研究也是我擅长的一项本事。卡奥蒂可能也会做得不错，但她对此的兴趣甚至比我更少。

“下一个问题，”莫罗岚说，“是我们要如何把这个东西呈报给战龙长老会？我想建议雅丽拉和我在他们行动之前出现，然后——”

雅丽拉打断了他：“等一等也许会更好。”

“这是个需要在战龙间认真讨论的问题。”

很短的、令人不舒服的安静，然后卡奥蒂站了起来。“抱歉，”她说，“我想我得先告辞了。”

塞丝拉站起来，为感谢卡奥蒂的离开鞠了一躬，然后重新坐下来。莫罗岚说：“我想知道是什么东西让她困扰。”

精辟。

“合作关系的结束。”诺拉莎说，从她的眼睛到下颚蔓延着一丝痛苦。但此刻，她是一个战龙领主，所以她不能表现出自己的感情。她站起身，鞠了一躬，跟在卡奥蒂身后走出去。

我目送她俩出了房间，瞥了一眼餐桌：食物都凉了，而酒都温了。要是有个洋葱，一定是从内到外都烂透了。

11

“快点赌一把吗，头儿？”

他们把我留在了餐桌边，于是我想了一会儿洋葱。一直到有人用心灵感应找到我，我都在想这个。

“谁呀？”

“芬多尔，在黔堡，老爷。我有您想要的情报。”

“关于骚动？很好，说来听听。”

“骚动蔓延3个街区，靠近——”

“我知道发生在哪儿，继续。”

“好的，老爷。就是有排平房，都是归一个人的。他大概四周前开始把这些房子租出去，然后让事情变得更加糟糕，然后他就开始殴打那些拖欠房租的东方人。”

“我知道了。这些平房的房东是谁？”

“一个龙蜥，大人，叫做——”

“拉里斯。”

“是的，老爷。”

我叹了口气：*“他拥有这些房产的时间长吗？”*

顿了一会儿：*“我还没想到该要查查这个，大人。”*

“去查吧。还有弄明白他从谁的手上买来的。”

“行，老爷。”

“还有什么事情吗？”

“没了，老爷。不过我们还在继续干。”

“相当好。还有一件事：我怀疑是有人故意引发了这起骚动，去查查是谁。”

“遵命，老爷。”

我们切断了连接。这段对话倒是提醒我，其他事情中，我差点又把自己的东西给忽略了。我和克瑞加取得联系，告诉他我两分钟后就到。然后又联系了塞丝拉，说明我必须走了，问她可否把我传送到我的事务所里。她答应并且把我传过去了。

我都没有告诉事务所的位置。有时候我对她还真是感到惊讶。

克瑞加在等着我，跟他一起的还有光虫和另外一个陌生人。我们走进了那座还没进行清理的建筑物里，我要克瑞加和我一起进事务所。我关上门，环视四周，没看见他，于是又打开门：“克瑞加，我说了——”

“头儿？”

我转过身，这次看见他了。

“见鬼，克瑞加，别这么干了。”

“干什么，弗拉德？”

“别管了。停下来，洛尤希！”

“我什么都没说呀，头儿。”

“你在用拍翅膀的声音嘲笑我。”

我坐下来，把脚翘到桌子上：“那个新来的是谁？”

“一个打手。我们还需要一个，而且基本上也出得起这笔钱，他知道他能留在这儿是因为得到了您的许可。”

“他叫什么？”

“斯塔铎。”

“从来没听过。”

“大家都叫他‘棍子’。”

“噢，就是‘棍子’啊，”我叫出声来，“梅勒斯塔夫，让‘棍子’进来。”

门开了，他走了进来。

“坐。”我告诉他。

他坐下来。

“棍子”这个名字的由来是因为他看起来就好像一根棍子，但这个说法也适用于绝大部分龙迦人。尽管如此，他还是显得更高更瘦一些，走起路来就好像骨头全都成了糨糊似的。手臂在身体两侧随意晃荡着，膝盖微微地弯着一点。他有一头棕黄色的直发，一直垂到耳边，有一撮头发在前额晃来晃去，好像随时都会戳进眼睛里一样。他时不时会把头发甩向一边露出前额和眼睛，但马上又会恢复原样。

事实上，这个绰号的由来是因为他最爱用的武器是两根三英尺长的棍子。他经常用它们把人痛打一顿。

我说：“我是弗拉德·塔托希，”他点点头，“你想为我工作？”

“当然，”他说，“工钱不错。”

“那是因为现在事态紧急。你知道吗？”

他又点点头。

“你以前‘干过’吗？”

“没有，做这个没前途。”

“这就矛盾了。我听说前几年你做过保镖呀。你那时候都做些什么呢？”

他耸耸肩：“我跟一些行吟诗人，还有几家客栈有联系，我帮忙把他们介绍过去，然后收点提成。讨生活罢了。”

“那为什么又不干了？”

“没前途。”

“……好，你被雇佣了。”

“多谢。”

“只是暂时的。”

他缓缓站起身来，拖着脚步出去了。我又转过身去寻找克瑞加，我问：“还

有什么新闻吗？”

“没有。我正在从老板们入手进行工作，不过还没发现什么。”

“继续干。”

“行。”

“把纳瓦恩和萧恩找来。”

“好的。”

他去找他俩了，我们坐回去等着，在这个过程中。

“老爷。”

“什么事，芬多尔？”

“您说中了。的确是有人挑起骚动的，看起来好像是故意的。”

“抓住他，别让他跑了。我要——”

“不行的，老爷。“

“死了？”

“是的，老爷。就在骚乱中。”

“我知道了。是偶然事件，还是说有人跟踪他？”

“我不知道，老爷。”

“那好。关于早先那个房东的情况呢？”

“那个龙蜥，拉里斯拥有这些平房的时间是大概 9 个星期，老爷。我们不知道他是从谁手上买来的。档案被弄得乱七八糟，而且看起来里面还用了一些假名。”

“理清楚。”

“遵命，老爷。”

“怎么了？”我掐断连接的时候克瑞加问我。

我摇摇头，没有回答。他走到我的储藏间去，回来的时候拿着一个盒子：“这些都是您要的。”

盒子里装了一大堆刀具，各式各样的。看它们这样子放在一块儿，我真是惊讶自己竟然能把它们都配置在身体周围。我是说，放在——不，我完全不想进行详细说明。

我本打算在我更换武器的时候让克瑞加回避，但又否定了这个想法。我拣起第一件东西，一把小飞刀，测试了一下它的刃口和平衡性，然后把它放进我的斗篷里，原本有一个跟它一样的东西放在同一位置。

把全部武器装备替换好所花的时间真是令人惊讶的长，等我终于把这些杂事都搞定，纳瓦恩和萧恩已经等在那里了。我一边跨出事务所，一边把一只手插进头发里，另一只手调整了一下斗篷，这样就可以让我的手臂擦着胸膛侧边，检查好所有东西都已就位。一个非常有用的、焦虑不安的姿势。

纳瓦恩朝我眨眼致意，萧恩则是粗粗地点了一下头，棍子整个儿懒洋洋地蜷在椅子里，朝我抬了一下手。光虫说："看见您真好，头儿。我都开始认为您是个神话了。"

"如果你开始思考，光虫，那已经是个进步了。走吧，先生们。"

这一次，还是洛尤希头一个飞出门，后面跟着光虫和纳瓦恩，另外两个跟在我身后，克瑞加断后。我们左转朝马拉克广场走去，我朝几个老主顾，还有一些为我工作的人打招呼。我的印象是，在过去的几天，生意有所好转了。这很能给人以慰藉。空气中仍旧弥漫着一种紧张的气氛，但是在过去这种感觉要更强烈一些。

我们到了喷泉客栈，然后进了第一层的左边。"棍子。"我说。

"嗯？"

"这里就是问题开始的地方。拉里斯在这儿开了一个小买卖，但是连最起码的礼节上的通知都不给我一个。"

"唔。"

"就我所知，它还在继续营业。光虫、萧恩和我在这里等。"

"好的。"

他转身上了楼，纳瓦恩默默地跟在后面，在他上楼的时候，我看见棍子从斗篷里掏出了两根棍子。然后我斜靠在楼房外墙上，光虫和萧恩站在我前面，一边一个，保持警戒。

"洛尤希，盯着上面。"

"已经盯着了，头儿。"

没多久我就听见楼上的右边传来碰撞声，循声望去，只见一个人整个儿地从窗口飞了出来，落在我面前大约十英尺的地方。一分钟后，棍子和纳瓦恩出现了，棍子的左手里还握着什么东西，他的右手则提着棍子，他一把丢出一连串方块在我面前的土里。

我狐疑地看着他，但还不等他开口，我就注意到人群开始往那些尸体的周围聚拢过来。我都朝他们微笑。

棍子打开左手，丢下几块石头来，有白的，也有黑的。落在他先前画在街上的方块里。

“快点赌一把吗，头儿？”

“不，谢了，”我告诉他，“我不赌。”

他精明地点点头：“没前途。”我们继续沿着广场逛。

最后，我回了事务所，很高兴能告诉克瑞加可以期待本周猎物数量有所增加。他咕哝了一声。

“为我办点事吧，克瑞加。”

“什么事？”

“去拜访一下告诉我们这个计划的人。看看他还知道些什么。”

“拜访他？亲自去？”

“对，比如说面对面地谈谈。”

“为什么？”

“不知道，或许是可以看看他是否有什么非凡之处吧，这样我们可以猜出能否抓到别的猎物。”

他耸耸肩：“好吧。但这不会给他带来危险吗？”

“没人注意到就不会。”

他又耸了耸肩：“那好。什么时候？”

“现在就很不错。”

他叹了口气——相对于咕哝来说这算是令人愉悦的安慰了，之后他走了。

“捎上我，头儿。去找拉里斯。”

“我很愿意。怎么去呢？要是他没有对秘术设防，我就能设法定出他的位

置了。”

“还是有办法的，头儿。要是我们没有对魔法设防，他早就确定我们的位置了。”

“我想也是。嘿，洛尤希。”

“怎么了，头儿？”

“我觉得好像，不知道是不是，把你搁在一边了，就是我跟卡奥蒂在一起的时候。很抱歉。”

它的舌头探进我的耳朵里：“没关系啦，头儿。反正，总有一天，我也会自己找一个的。”

“但愿如此。我想。告诉我，我最近是不是心不在焉？我是说，关于卡奥蒂的事，你不觉得它妨碍了我前进？我总是感觉有点心烦意乱。”

“大概，有点儿吧。别担心。事情变成这种乱七八糟的样子，你做得已经很好了，而且，我也想不出你还有什么能做的事情和可以用的办法来了。”

“嗯。你知道，洛尤希，我真高兴你在身边。”

“啊，呸，头儿。”

两小时后，克瑞加回来了。

“嗯？”

“我不确定找到的消息是否有用，弗拉德。他完全不知道拉里斯躲在哪里，不过如果他查到了的话会很愿意告诉我们的。跟我会面时他紧张得一塌糊涂，不过也可以理解。嗯，确切地说，也不是紧张。大概，是惊讶，还有不够警惕。总之，他那里没什么有价值的东西。”

“唔，你觉得还会不会有跟他类似的人？”

克瑞加摇摇头。

“好吧，”我赞同他的说法，“我估计这对我们而言丝毫没有进展。发掘资金方面呢？我们有没有找到其他为拉里斯工作的人？”

“两三个。不过在有新的基金支持之前我们什么都做不了。光是支付‘工资’就足够叫我们立刻破产了。”

“再有两天就是周末了，或许到那时候我们能有所作为。让我单独待一会

儿，我要想想看。”

他出去了。我往后倒下去，闭上眼睛，然后再次被打断了。

“老爷？”

“什么事，芬多尔？”

“我们发现了一些讯息。那些平房以前是一个已故的战龙领主的产业，他过世之后那些人就开始胡来了。”

“他死多久了？”

“大概两年前的事了，老爷。”

“我知道了。你还没找到之后是谁霸占了这片产业吗？”

“还没。”

“继续干吧。顺便问一下，那个已故战龙领主是谁？”

“一个强有力的法师，大人。他叫巴瑞特。”

那么现在……圣裁诸神在上，我要怎么才能把这个讯息放到我的脑子里面去？巧合冲进了我的脑海，然后被丢出去，又折回来。它怎么就这么巧呢？它怎么就能不那么巧呢？

“老爷？”

“芬多尔，查出你所能查的一切事情，马上去。多找些人手，去查帝国档案，给档案员行贿。做什么都好，只要能查清楚。”

“是的，老爷。”

巴瑞特……巴瑞特……

一个强力的法师，一个巫师，一个战龙领主。他死的时候年事已高，而且这个名字也表明他不再提及自己的血统。更确切地说，他的后裔提到自己时都自称“埃·巴瑞特”。而他的墓碑，在死门瀑布附近，成了空位期中血腥战争的发源地。

巴瑞特。

很容易就能想到他会卷入到战龙家族内部的某种暗斗中去，但他会和龙蜥扯上什么关系呢？他可能是拉里斯的后台吗？或者他的某个子嗣可能是吗？如果真是如此，又为什么？

还有呢？如果我跟拉里斯的问题和诺拉莎跟巴瑞特的问题扯上关系，就意味着这是一个深层的阴谋，而战龙领主们也就不仅仅是些阴谋家了——可能，雅丽拉要除外，而且只在有限的范围内如此。

我真的要再去死门瀑布和亡者之路一趟吗？我耸耸肩，回忆起上次造访，我知道那些在那儿徘徊不去的人们对我的到来是不会给多少好脸色的。我这么做会有好处吗？恐怕没有。上次去的时候巴瑞特很明显对我没什么好印象。

但这不可能是个巧合，他的名字突然出现，正好是那片被拉里斯使用的平房的旧主。为什么他们不直接传给他的后代？因为有人对档案做了手脚？有可能，这就说明了芬多尔在追查这片房屋所有权的时候会遇到那么多麻烦的缘故。但是接下来的问题是：谁做的，又为什么？

我探到了莫罗岚，跟他联系上。

“什么事，弗拉德？”

“告诉我关于巴瑞特的事情。”

“嗯哼。”

“我已经知道了。”

“那明确告诉我你想问什么吧，弗拉德。”

“他怎么死的？”

“呃，你不知道？”

“我如果知道的话……不，我不知道。”

“他是被暗杀的。”

噢，最起码这解释了他刚才对我的评价。

“我知道了，但这是怎么做到的？我很惊讶像巴瑞特这样经验老到的巫师竟然会容忍自己被击倒。”

“唔，我回想一下，弗拉德，你们龙蜥人不是有种说法……”

“啊，对。‘不论巫师有多狡猾，插在他肩胛中间的刀子也会让他抽搐倒地的’。”

“正是这样。”

“所以说就是某个龙蜥人下的手？”

“你还知道别的刺客吗？”

“有大把的业余爱好者可以只为了5个金币就对人动刀子。一个龙蜥几乎从来不为家族外的人‘干活’，因为通常都没这个必要，除非有人对帝国造成威胁，或者——”

我突然停住了。

莫罗岚说：*“是的，弗拉德，或者？”*

我让他暂时把这个问题搁置一边。或者，我本打算说，除非是将它作为一个特殊的小礼物，一个龙蜥制作的，送给别个家族的礼物。这就意味着有可能，有可能最终巴瑞特跟整件事情毫无关联。也许他一直和某个人一起工作，而后来，对方需要除掉巴瑞特，这个人正是拉里斯的后台。然后，既然拉里斯已经除掉了巴瑞特，他的资助者也会帮他把我清理掉，一个简单的礼尚往来。

“弗拉德？”

“抱歉，莫罗岚。我正在试图考虑清楚一些事情，请你稍等片刻。”

“好的。”

如此，拉里斯的后台就是两年前与巴瑞特共事的人。没错。谁会知道呢？

“莫罗岚，谁最有可能认识那个在巴瑞特死前不久和他共事的人？”

“我不清楚。我自己对此是完全不知道的。在他生前，我们之间的往来很少。也许你该到黯堡去打个照面，四处打听一下。”

“对，也许我会这么办的。嗯，谢谢，我过会儿再跟你聊。”

“行，弗拉德。”

好，很好，非常好。

最起码，拉里斯和其他人关系还很不错，而这个“其他人”，想来应该是个战龙领主，又在帮他对付我。如果我能弄清楚他是谁，就可以揭穿他的行为，轻松地把这种危险抵消了：战龙们并不会多么尊重他们和龙蜥的合作关系。

找到他和发现那些平房的房东必然有关系。我试探着寻找——

“芬多尔。”

“有何吩咐，老爷？”

“弄一张巴瑞特现存子嗣的名单出来，一个小时内搞定。”

“一个小时吗，老爷？”

“对。”

“但是——遵命，老爷。”

我切断了连接，又开启了另一个。

“谁呀？”

“你好，塞丝拉。”

“噢，弗拉德，晚上好。需要我帮什么忙吗？”

“还有必要把诺拉莎和卡奥蒂扣为俘虏吗？”

“我正在跟雅丽拉讨论。怎么了？”

“今晚放卡奥蒂自由会很有好处的。”

“我知道了。”她顿了顿，又说，“非常好，雅丽拉和莫罗岚都没有反对。”

“你会把她们俩都放了？”

“只有那个东方人有问题。诺拉莎，就我们所了解的内容来看，是个战龙。”

“我知道了，嗯，谢谢你。”

“不客气。我会马上告诉她们的。”

“过五分钟，好吗？”

“如果你希望的话。”

“谢谢你。”

然后我深深地吸了一口气，开始把注意力集中在卡奥蒂身上。说实在的，我对她了解并不多。但我想到她的面庞、她的声音、她的……

“弗拉季米尔！”

“先别激动，今晚你打算做什么？”

“我打算——你认为我打算做什么？你的朋友都没允许我们离开呢。”

“我认为这都好说。要是你能走的话，女士可否赏光让我护送您去参加今晚的一个聚会呢？”

“我很荣幸，最尊贵的大人。”

“太好了。我过一个钟头来找你。”

“我会很期待的。”

我切断了连接，大声叫我的保镖护送我回家，这样我可以换一身适合出席这种场合的衣服。去黯堡可不能穿得太寒酸。

12

“很友好，不是吗？”

离开家后，两个传送就把我和卡奥蒂送到了黯堡，一同抵达的还有一个翻滚难受的胃。卡奥蒂打扮得光彩照人，一条浅灰色的长裤，同样颜色的衬衫，还有灰色镶黑边的斗篷。我穿着漂亮的马裤、做工精细的短上衣还有斗篷。我俩看起来很般配。

缇尔达女士把我们迎进了门，问候卡奥蒂时直呼其名以示亲密，然后把我们引到了宴会厅。我们站在那儿无疑就是一道风景：一对东方人，都身着龙蜥的服色，洛尤希落在我的左肩上，在我俩中间。

没人特别在意我俩。

我联络到芬多尔，告诉他我所在的地方。他露了个面，找到我，偷偷地递给我一张纸片。他走之后，卡奥蒂和我四处溜达了一会儿，看着人群，研究着莫罗岚的“餐厅”，不时被经过的人嘲笑。没多会儿，我把她介绍给那个亡灵巫师。

卡奥蒂弯了一下脖子，这和点头还有所不同。亡灵巫师对此并不感兴趣，但还是回鞠一躬。亡灵、巫师并不在意你是一个龙迦人还是东方人，一个龙蜥还是战龙。对她而言，你要么还活着，要么死了，要是你死了，她对你的态度会更好一些。

我问她："你认识巴瑞特吗？"

她心不在焉地点点头。

"你知道他在死前一小段时间内曾经和谁共事过吗？"

她摇摇头，还是心不在焉的样子。

"嗯，呃，多谢了。"我说，然后走开了。

"弗拉季米尔，"卡奥蒂说，"关于巴瑞特的所有事情里有什么问题吗？"

"我认为有人在背后支持着拉里斯——某个大人物，可能是战龙家族的人。我想不管是谁跟巴瑞特共事过都指向这一点，我在设法揪出他的尾巴来。"

我把她带到一个角落里，取出芬多尔给我的那张名单，上面写了几个名字，但对我来说一点意义都没有。

"你认得哪个名字吗？"

"不认识，我应该认识吗？"

"都是巴瑞特的后代。我想，我要挨个儿查验一下。"

"为什么？"

我大致地给她叙说了骚乱的经过，她漂亮的脸上渐渐扭曲出一个狰狞的冷笑，然后她开口说道："要是我知道他脑子里面在想些什么……"

"拉里斯？"

她没回答。

"你为什么总是要板着脸？"我问她。

她盯着我："为什么总是要板着脸？他在利用我们的人。就是我们，东方人。他利用一点点守卫，骗得东方人都被打被杀。你什么意思？为什么总是要板着脸？"

"你在帝国生活多久了，卡奥蒂？"

"一辈子。"

我耸耸肩："我不知道。总之，我想我大概已经习惯这种事了。我对一切的指望也不过如此。"

她冷冷地看着我："这也不会再让你感到困扰了，嗯？"

我张了几次嘴，才接着说："我想，这还是让我很心烦。但是……死门。

卡奥蒂，你知道住在那里的人都是些什么货色，我一直在回避这个问题，你也在回避这个问题，他们当中无论谁……”

“好啦！别开这个头，你的话听起来就好像个皮条客。不是我利用他们，只是他们想被我利用而已。如果他们愿意，他们本来可以干些别的。够了！我知道你觉得那就跟个奴隶差不多，对吗？他们肯定乐此不疲，不然早就开溜了。”

老实说，我还从来没想到过这一点。但卡奥蒂还在看着我，可爱的褐色眼睛里燃烧着狂怒的火焰。我感到了一阵突如其来的怒意，然后对她说：“你看，见鬼了，我从来都不对东方人下手，记住这一点，所以不要给我来……”

“别把这种话丢给我，”她猛地打断了我，“我们之间已经了结过一次了。我很抱歉。不过，这是工作好不好？这跟你一点关系都没有，别来担心我们自己人身上会发生什么事情。”她仍旧怒视着我。我以前曾经被一个专家怒视过，不过感觉完全不同。我张了张嘴，想要说这些东西跟我有什么样的关系，但又说不出来。突然间，一个念头攫住了我：我可能就要失去她了。就好像是你走进一间酒馆，要去把某个人干掉，结果却发现他的保镖比你强一些。除此之外，你所能失去的一切，就只有你的性命了。我站在那里，意识到自己已经走到了失败的边缘。

“卡奥蒂。”我开口叫她，声音却显得很干涩。她背过身去。我们就这样站在那里，在莫罗岚宴会厅的一角，周围是众多的龙迦人，但我们好像完全在自己的小小世界里一样。

我不知道我们这样站了多久，最后，她转过身来对我说：“算了，弗拉德。我们去享受宴会吧。”

我摇摇头：“等等。”

“怎么？”

我抓起她的两只手，带她转个身，把她拉到主厅旁边的一件凹室里。然后我又握住她的手对她说：“卡奥蒂，我的父亲开过一个餐馆，那地方只有泽鼠和龙蜥才会来，因为再没有别人想跟我们联合了。我的父亲——但愿圣裁诸神诅咒他的灵魂一千年——不想让我和东方人联合，因为他希望被龙迦社会接受。你，有可能在你花了一些钱之后买来一个头衔，这样就能得到和圣球的连接。我的头衔是从我父亲那里继承来的，他为此花光了全部的积蓄，就为了得到龙迦社会的承认。

“我父亲试图教会我龙迦剑术，因为他想要被龙迦社会接受；他还打算阻止我学习秘术，也是因为他想要被龙迦社会接受。我坚持了一段时间。你认为我们有可能被龙迦社会接受吗？明摆着的废话。他们对待我们就好像对待泽鼠的粪便一样。那些不因为我们是东方人而轻视我们的人，也会因为我们是龙蜥而轻视我们。他们已经习惯了追捕我，在我出去办事的时候，痛殴我直到——唉，别管了。”

她想要说点什么，但我阻止了她：“我不怀疑你会告诉我差不多同样悲惨的故事，这不是问题的关键。”我把声音压低成窃窃私语，“我恨他们，”我说，一边捏着她的手直到她缩了回去，“我作为打手加入组织的原因就是可以从痛殴他们中获得报酬，然后我开始‘干活’也是因为我可以通过杀死他们来赚钱。现在，我遵循着自己的法则，用我的方式在组织内干活，这样我才有能力去做我想做的事情，还可能向他们中少数人展示一下当他们轻视东方人的时候会发生什么。”

“也有例外——莫罗岚、雅丽拉、塞丝拉，还有其他一些人。对你来说，可能就是诺拉莎吧。但这并不是问题所在。因为即使我和我自己的手下一起干活的时候，我也得忽视自己是多么轻视他们的存在，还得假装不希望他们中的每个人都被割裂孤立开来。我提到的那些朋友——前几天还在讨论东征的问题，就当着我的面，好像我完全不会在意似的。”

我停下来，深深吸了口气。

“所以，我也就只能不在意了，我不得不说服自己我真的不在意这种事情。这是我保全自己的唯一方法：只做非做不可的事。除了达到目的的满足感，生活中还有那么一点点可贵的愉快体验，值得去做的或者完全相反的，你都得接受。

“你能信任多少人，卡奥蒂？我的意思不是你相信他不会在你背后捅刀子，我说的是信任——用你的灵魂来信任一个人。有多少？迄今为止，我就只能和洛尤希这一个家伙分享所有事情，没了它，我就好像丢了魂一样——但是我跟它还是没办法真正平等地对话。而你……我不知道。卡奥蒂，我不想失去你，就这样，不是为了什么跟这差不多傻的事情。”

我又深深地吸了一口气。

“我说得太多了，”我说，“这些就是我想说的。”

在我说话的同时，她的表情开始变得柔和下来，愤怒的神色也一点一点消退下去。我说完后，她扑进我的怀里，轻轻地晃着我。

“我爱你，弗拉季米尔。”她柔声说。

我把脸埋在她的脖子后面，任由眼泪往下流。

洛尤希把鼻子插在我的脖子后面，我感觉到卡奥蒂在替它搔头皮。

过了一会儿，我恢复了平静。卡奥蒂用手帮我擦了擦脸，洛尤希舔着我的耳朵，我们走回到人群中去。卡奥蒂挽着我的左臂和我一起走着，我把右手放在她的右手上轻轻捏着。

我注意到了绿衣女巫，但避开了她，我并不想在这种时候跟她面对面交流。我在人群中寻找莫罗岚，但是没看到他，倒是注意到亡灵巫师正在和一个高个子黑头发的龙迦女子说话，后者转过身来了一会儿，我突然意识到她和塞丝拉·拉沃德的相似之处。我想弄明白——

“打扰了。”我一边说，一边朝他们走过去。他们停下交谈看着我，我朝那个陌生人鞠了一躬：“我是弗拉季米尔·塔托希，龙蜥家族的。这位是‘龙蜥之匕’。我想问问我有幸能和哪位聊聊呢？”

“可以。”她说。

我等着，然后微笑着又问：“那么我有幸和哪一位聊聊呢？”

“我叫塞丝拉。”她说。正中红心！

“我从一位和您同名的人那里听说了您的很多事情。”我告诉她。

“毫无疑问。如果你想说的就是这些的话，那么我现在很忙。”

“我明白，”我客客气气地对她说，“事实上，如果您能匀点时间……”

“我亲爱的东方人，”她说，“我知道塞丝拉·拉沃德，因为你跟她很熟的缘故，我才能容忍你站在这里。但是我不再是她的学徒了，所以我也就看不

出有什么理由应当匀出时间来。我没时间跟东方人说话，也不会跟龙蜥说话。够明白了吗？”

“相当明白。”我又鞠了一躬，卡奥蒂也是。我们转身离开的时候洛尤希冲她嘘了一声。

“很友好，不是吗？”

“相当友好。”卡奥蒂说。

这时候，莫罗岚陪着诺拉莎走了进来，后者穿着黑色和银色的衣服——战龙家族的颜色。我看了卡奥蒂一眼，发现她面无表情。我们从人群中挤开一条路，朝他们走过去。

诺拉莎和卡奥蒂对视片刻，我无从得知她们中间传递了怎样的信息。但接着她们就笑了，卡奥蒂很大声地说：“这颜色可真迷人，你穿着适合极了。”

“谢谢。”诺拉莎柔声说道。我注意到她的右手小指上戴了一枚戒指，戒面是一头龙，有一双红眼睛。

我转向莫罗岚：“正式的吗？”

“还没有，”他说，“雅丽拉正在和战龙长老会交涉，她提出了一项质询，还需要再花几天时间。”

我回过头去看卡奥蒂和诺拉莎，她俩正站在离我们稍远一点的地方聊着。莫罗岚一言不发，知道何时该保持安静对一个男人来讲是一种罕见的能耐，在一个贵族身上就更是罕见。望着卡奥蒂的时候我摇了摇头。一方面是我对她有些生气，其次是我刚把所有的问题都倒在她面前了，而在此期间她的搭档——有多久了？至少五年了吧——差不多就要成为战龙领主了。

但是，恶魔女神在上！卡奥蒂经历的差不多是我小时候经历的那些事情的翻版，甚至更糟。她和诺拉莎的友谊就好像我和洛尤希的关系一样，但是她正眼睁睁看着它走向终点，而我试图做点什么时又好像一头蠢驴似的。

我又看着卡奥蒂，站在侧后方看她，我以前从来没正儿八经打量过她。稍微有点经验的男人都能告诉你，盯着对方上下打量除了要上床就没别的意思好讲了。她的耳朵圆圆的，一点都不尖，脸上也没有毛（与很多龙迦人的认识相反，东方人只有男性才会长胡子，我也不知道原因）。她比我略矮，但两

条长腿让她显得比本身的高度要高挑一些。瘦削的脸庞有几分隼鹰的味道，一双锐利的褐色眼睛。黑色的头发，垂坠在肩膀下面，柔顺挺直。她很引人注目，那一头闪闪发亮的头发剪得整齐清爽。

她的胸部很小，不过很坚挺；腰身很苗条；臀部也很小，双腿纤细但全是肌肉。正如你知道的那样，这些基本上都是我的记忆而非现在看到的内容，但是在我看的时候，这些东西又再次得到了确认，从这个意义上来说，我想我自己会做得很好。我估计，用一种纯天然的方式，但是……

她转身离开诺拉莎，让我看着她。出于某种原因，这让我心中暗喜。我朝她伸出左臂，她却把我的手按了下去。我和她建立了连接，这次比上一次轻松多了。

“卡奥蒂……”

“没什么问题，弗拉季米尔。”

接着诺拉莎就朝我们走过来了：“借一步说话好吗，塔托希大人？”

“请叫我‘弗拉德’。”

“随你便吧。不好意思。”她朝旁边的人示意，然后我们退开了几步。

在她说话之前，我先抢着开口道：“如果你想给我说些‘你绝对不要妄想伤害她’之类的废话，那你可以把它扔到一边了。”

她朝我淡淡一笑：“你似乎很了解我，但我为什么要把它丢到一边去呢？我的意思，你也知道，如果你在完全没必要的情况下伤害了她，那我就会宰了你的。我只是觉得应该告诉你这点罢了。”

“聪明的猎鹰会藏起自己的爪子，”我说，“而拙劣的刺客才会去警告自己的目标。”

“你是不是要把我惹火了才甘心，弗拉德？我很关心卡奥蒂，关心到了恨不得把所有伤到她的人统统消灭的程度。我觉得我应该提前警告你，这样你才可以避免此类事情发生。”

“那你真是太好心了。那么你呢？你伤害她的次数，有没有我那么多呢？”

令我惊讶的是，她居然没有发火：“看来确实如此，我知道我伤害过她，但不像你搞得那么糟。我已经知道她对你的看法了。”

我耸耸肩。“我才不在乎，”我对她说，“如果凡事都照外表显示的样子发展，那我一两个星期内就得死了。”

她点点头，什么也没说。她就是那样——随我们怎么说，她都不会让同情心泛滥成灾。

“要是你真的不想让她受到伤害，那就得帮我活下去。”

她吃吃地笑了一阵才说：“不错的尝试，弗拉德。不过，你得知道我也有自己的立场。”

我耸耸肩，稍微提了一下正让我烦恼不已的事情：“要是听说他在找我，我就会把所有东西都带入危险中，就得亲自动手把你们藏起来，然后我就不用再待在这种混乱境地里了。”

“雇我们的人并不需要到处寻找，他知道在哪里能见到我们，所以你也就没机会听点意见了。”

“噢，我竟然如此荣幸吗？”

“关于他是如何查出我们所在地的这种问题，我一无所知——这并不是大家都知道的。不过没关系，我已经说了想说的话，希望你知……”

她突然掐断了话头，目光越过我的肩膀，我习惯性地没有转过身。

“怎么啦，洛尤希？”

“你上次见过的那婊子，穿黄绿色衣服的女巫，或者别的随便什么颜色啦。”

“非常好。”

“我能打断你们几分钟吗？”我身后的那个声音说道。

我抬起眉毛看着诺拉莎，她点点头，我转过身去说：“诺拉莎·埃·兰亚女士，来自战龙家族，这位是……”

“我是绿衣女巫，”绿衣女巫说，“我完全有能力作自我介绍，东方人。”

我叹了口气：“为什么我觉得没人要我待在这儿了呢？抱歉。”说完，我朝诺拉莎鞠了一躬，洛尤希嘘了女巫一声。

我走了一步，女巫又在我身后说：“我感觉就像当初小塞丝拉追捕她们时那么愉快。你不觉得吗？”

我听见诺拉莎说："基本上不觉得。"然后谢天谢地我就走到听不见她们说话声的地方了。一个想法突然闯进我的头脑中：我在找的是一个卷入了针对诺拉莎的这起阴谋的恐枭。而绿衣女巫就是一个恐枭。只是可能吧，我这么想，得找出论据来支持或者反驳这个观点。

我回到卡奥蒂身边："你还有什么事情需要留在这里吗？"

她看起来很惊讶，但摇了摇头。

"我们该走了吗？"我问她。

"你不要检查那个名单了吗？"

"这宴会一天24小时一周五天随时都在开，等等也无妨。"

她点点头，我朝莫罗岚鞠了一躬，然后我们就出了门，走到门口，没有让任何人注意到我们已经走了。一个莫罗岚的法师正站在门口，我让他把我们传送到公寓去。在我们到达时，那种恶心的感觉居然没有出现——我认为这只能归功于传送的技术不错。

我的公寓，当时只是加肖斯街上，靠近铜巷转角处一间车轮店的楼上。就我付的那点钱来说它已经算是相当宽敞了，因为它是一间阁楼，而倾斜的天花板对于龙迦人来说也是个麻烦。我的收入——在这起跟拉里斯之间的纠纷开始前——曾让我一度想要换个大一点的房间，不过现在，我真庆幸自己还没换。

我们在一张躺椅上坐下，我搂着她的肩膀对她说："告诉我你的事情。"她说了，但这与你无关。我只能告诉你我之前猜测出来的她的某些经历没错，仅此而已。

我们又接着聊其他东西，其间，我带她去看我放在后面房间里的靶子，靶子放在那里可以让我扔出的刀子穿过整个客厅而且给我留够35英尺的距离。顺便说一下，靶子的模样是一个龙头，她觉得这种感觉很不错。

我拿出一条佩了六把刀的带子，把其中的四把都插进了靶子的左眼。

她说："扔得漂亮，弗拉季米尔。我能试试吗？"

"当然可以。"

她把五把都插进了左眼，第六把则只差了半英寸。

“我看出来了，”我说，“我还需要再练习。”

她咧嘴一笑，我抱住了她。

“弗拉德。”*有人说话。*

“死门瀑布那儿的血腥暴行都对你做了什—— 噢，莫罗岚。”

“真不是时候。弗拉德？”

“可能还会更不是时候。什么事？”

“我刚刚跟雅丽拉说过话，她已经找到当时参与对诺拉莎女士进行测试的角犬和恐枭的名字。而且，你也可以期望告知你的朋友卡奥蒂，战龙长老会已经批准明天重新进行一次正式的检查，就在下午六点。”

“太好了。我会转告她的。那么那两个人的名字呢？”

“那个角犬家族的人是尼奥伦蒂女伯爵，恐枭家族的是提埃拉女男爵。”

“提埃拉女男爵，呃？莫罗岚，提埃拉女男爵有没有可能就是绿衣女巫的真名？”

“什么？别傻了，弗拉德。她……”

“你确定？”

“完全确定。为什么问这个？”

“别在意。我只是打破了一个自己的猜测而已。多谢你了。”

“不必客气。祝你晚上一切都好，你不能在我的宴会上多待一会儿还真是遗憾。”

“下次吧，莫罗岚。”

我把诺拉莎的消息告诉了卡奥蒂，这把情绪都破坏干净了，不过我又期望做什么呢？我进厨房给我俩都倒了点红酒，然后和芬多尔取得了联系。

“什么事，老爷？”

“角犬家族的尼奥伦蒂女伯爵，恐枭家族的提埃拉女男爵，她们还活着吗？要是还活着，就查出她们的住所；要是死了，就查清楚她们怎么死的。马上去办。”

“遵命，老爷。”

卡奥蒂叹了口气。

“我已经好了，”我很快地说，“只要……”

“不是，我不是要说这个，”她说，“我只是希望可以在你跟拉里斯的这件事上帮上点忙。可我所知道的所有从他那里过来的消息，我都没办法告诉你，即使是很有用的消息也一样。”

“我了解，你也得活下去。”

她点点头：“事情就这么简单，就在一周前，我是说，我很幸福——大概是这样的。没人偷听咱们。我要杀龙迦人的理由跟你一样，诺拉莎嘛，嗯，她恨所有的东西，我猜，可能就我例外。”我重新搂住她的肩膀，“现在，嗯，我很高兴她得到了想要的东西，尽管她一直设法让她相信自己什么都不想要。不过我嘛……”她耸耸肩。

“我知道。”我对她说。现在，你是不是还想听点更疯狂的东西？我也想，极其想说点类似于“我会代替她守在你身边”或者“我会一直在这儿”，甚至是“我爱你，卡奥蒂”这样的话。但我说不出口。为什么？因为，就我所知，我很可能没多久就要死了。拉里斯还在追捕我，还拥有比我丰厚的财力，而且最要命的是，他知道在哪里能找到我，我却不知道能在哪里找到他。所以，在这种情况下，我怎么可能做出把她和我绑在一起的事情来？这太荒唐了。我摇摇头，紧闭着嘴什么也没说。

我抬起头来看她，发现她的目光越过了我的肩膀，还微微点着头。

“洛尤希。”

“怎么啦，头儿？”

“你都跟她说了什么，你这混蛋。”

“只要你不是个玄虎脑袋的白痴就会跟她说的话。”

我跳起来去抓它，它却拍拍翅膀飞上了那扇坏掉的窗子。我爬起来，嘴里嘟囔着，突然感觉到手臂被拉了一下。

“弗拉季米尔，”她很平静地说，“我们上床去吧。”

嗯。是扭一只聪明透顶无所不知的龙蜥的脖子，还是和世上最妙的女人——我认为是——做爱，这种选择并不难做嘛。

13

“嗯，你认为我会做什么？亲他吗？”

“老爷？”

“什么事，芬多尔？”我清醒了一大截，伸手把卡奥蒂朝身边拉了一下。

“我找到尼奥伦蒂女伯爵了。”

“干得漂亮，芬多尔。我真高兴。那个恐枭呢？”

“老爷，您真的确定她的名字就是那样吗？提埃拉女男爵？”

“我想是的。不过我也可以再查查。怎么？找不到她？”

“我已经尽我所能地详细查询了所有档案，老爷。恐枭家族就从来没有过叫做‘提埃拉’的人，‘女男爵’更没有。”

我叹了口气。为什么人生就他妈的这么麻烦？

“好吧，芬多尔。我明天再来担心这事儿。先睡一会儿再说。”

“谢谢您，老爷。”

连接断了。卡奥蒂醒了，朝我这边偎过来。

“怎么啦，弗拉季米尔？”

“更多的麻烦，”我对她说，“现在暂时忘掉它吧。”

“哼嗯……”

“洛尤希。”

“怎么啦，头儿？”

“你暂时得到宽恕了。”

“哈，了解了。”

稍微提一下，快乐时光过后我们醒了，感觉到了生理方面的需要。卡奥蒂提议去给我买早餐，我同意了。我们出发前，她绕着屋子里四处溜达，连死角和墙壁裂缝都要打量一番。先就一张描绘了玄虎山脉一把高价武士刀的廉价印刷草图作了一番评论，然后善意地对仿冒的东方刻花玻璃进行一顿嘲笑，她大概会一整天评价这些东西吧，如果我没有最后忍不住说：“告诉我你什么时候完成检查吧，我饿了。”

“嗯？噢，抱歉。”她又看了整个公寓一眼，“这儿只是让我觉得好像回家了一样。”

她挽着我的手臂拉着我走到门口的时候，我只觉得鼻子里酸酸的。

“我们去哪儿吃，弗拉季米尔？”

“什么？哦，哪儿都行。离这儿两三步路就有一家不错的店，有干净的银餐具和克拉瓦咖啡，你都不需要自己带勺子去。”

“听起来挺不错。”

洛尤希落到我的肩膀，我们下楼走到街上。此时只是黎明后的四小时，还没多少店铺开张营业，不过街上已经有了稀疏的人流。我们进了策迪克的餐馆，卡奥蒂给我要了两根香肠、一对烘蛋、热面包还有足够把这些东西冲进胃里的克拉瓦咖啡。她自己也点了同样的东西。

我对她说：“我才想起来还没有为你做过一顿饭呢。”

“那我想知道你什么时候能抽空做给我吃。”她微笑着答道。

“你知道我会做饭？噢，好耶！”她继续吃着，我又说，“我真该好好研究一下你的来历背景，只为了让我们对等而已，你知道的。”

“我昨晚基本上都告诉你了，弗拉季米尔。”

“那不算，”我对此嗤之以鼻，“这个跟那个不是一回事。”

饭吃到一半，我注意到了时间，决定去做点事情。“不好意思了。”我对卡奥蒂说。

“莫罗岚……”

“你给我的那个恐枭名字不对。”

“劳驾你再说一遍。”

“她不是个恐枭。”

“拜托，那她会是什么？”

“就我知道的情况，她没存在过。”

顿了一会儿：*“我再深入调查一下，然后把结果告诉你。”*

“好的。”

我叹了口气，那顿饭剩下来的时间都是在沉默中度过的。这段时间过得很短暂，因为不带保镖地待在一家公共餐馆里可能是一件很危险的事情。身边的任何一个服务生就会把即将发生什么事情的消息透露给拉里斯的手下，然后他们就能派人来盯我梢。卡奥蒂明白这一点，所以她对我的埋头狂吃不予置评。

她对此了如指掌，事实上，她在我之前跨出这地方，只是为了确信没有人在这附近转悠。洛尤希也在做同样的工作。

*“头儿，退回去！”*还有*“弗拉季米尔！”*

于是，我有生以来头一次，在这种关键时刻僵住了。为什么？因为我所有的本能和训练都告诉我应当趴下，但我的理智却告诉我卡奥蒂正面对着一个刺客。

卡奥蒂冲出去的时候，我像个白痴一样杵在原地一动不动，有人站在我面前，拿着一根魔杖。他做了个手势，在我反应过来自己在做什么之前，破咒器已经跳进我的手里并且朝他飞快地挥打过去。手臂上一阵阵麻刺的感觉，我知道自己已经中断了某些东西。我看见那人嘴里咒骂着什么，不过在他来得及做点什么之前，一把匕首已经穿过了他的脖子。不管卡奥蒂在做什么，显然她都有时间来盯着门。在手忙脚乱拔出一把细短剑的同时，我还设法用心灵感应对克瑞加喊了一声*“救命！”*。然后我就看见他们还有 3 个人。妈的！

一个大叫着企图把洛尤希打倒；另一个在跟卡奥蒂决斗，剑对剑的决斗；第三个人在我刚一露面时就认出了我，立刻对我出手。我朝他弯下腰去，就

地打滚（腰上别了一把剑来做这个动作还真不轻松），不管他朝我扔了什么都没打中。我转身向他发起猛攻，但他却轻盈地闪开了，右手上捏着一把刀子，做好了扔出来的准备，我真希望他在任何重大场合都会失手。

一把匕首让他的手腕开了花，他的刀子也脱手了。我趁机翻滚起身，把他原本想对我做的事还了回去，他的心脏就是个够重大的标靶，我可没失手。

我飞快地瞥了卡奥蒂一眼，发现她应付面前的对手游刃有余，那个男人显然不是个能单手进行防御的剑客。我拔出细剑，两步跨到正和洛尤希缠斗的男人面前。他给了洛尤希最后一击，转过身来面对我。我举起剑，细剑的剑尖直接戳进了他的左眼。我转回身去看卡奥蒂的时候，她正在擦拭自己的剑。

“走吧，伙计们。”我说话的时候，洛尤希已经落到了我的肩膀上。

“好主意。你能传送吗？”

“太激动的时候不能。你呢？”

“不会。”

“那么走回去如何？回我的事务所。”

卡奥蒂擦干净了剑刃，我也收剑入鞘，然后我俩回到策迪克的餐馆，又走出门去，开始从容不迫地逛回事务所。如果我们走快了，吸引的注意力就要比现在已经吸引的多得多，但是我也不知道世界上还有没有比在心脏狂跳，肾上腺素刺激得你血脉贲张的时候还得强自镇定做闲庭信步状更难的事情。我抖得好似一只泽鼠，尽管知道这会让我成为一个更好的靶子，但是这种知识一点用都没有。

我们走到距离事务所不到一个街区的地方时，又有四个龙蜥出现了：光虫、纳瓦恩，萧恩和棍子。

“早安，先生们。”我勉强说道。他们向我表示了问候，我竭力忍住想要告诉他们看起来很不错的话，因为他们可能会觉得我在嘲笑他们。尽管，他们看起来并不是那么怒气冲冲。

我们平安无事地回到了事务所。我一个人待着，浪费了自己的早餐，不管怎么说，它都已经不那么好吃了。

我了解龙迦人，我说的了解，不仅仅只是听说过而已，有谁能吃了一顿饭，走出门，令人难以置信地恰好和死亡擦肩而过，然后回家来再吃一顿饭。你可能只要再过一个钟头就能遇到一个这样的家伙。如果你问他有没有什么趣事发生，他只会耸耸肩："也没什么特别有趣的东西啦。"

我不知道自己对这种人究竟是羡慕，还是同情，但我肯定不喜欢这种类型。对差一点就死掉这种事情我自己有很多种反应，然而没有一种是正面的。当它作为一次暗杀未遂的结果时就更糟了，因为这种企图，就其本质而言，是意料之外的。

但是就像我说的那样，我的反应是变化多端的。有时候我会好几个钟头甚至好几天疑神疑鬼，有时候又会变得好勇斗狠，此时，我一动不动地在办公桌后坐了很长时间，抖得厉害，而且充满恐惧，那四个人——四个——的景象在我脑海中不断回荡。

我干脆去对这个拉里斯的手下做点什么好了。

"该起来动动了，头儿。"

"呃？"

"你在那儿坐着都两个钟头了，也该够了吧。"

"不可能那么久。"

"哼！"

我注意到卡奥蒂也在房间里，正等着我。"你进来多久了？"

"两个钟头。"

"不可——你跟洛尤希聊过？"我做了两个深呼吸。"抱歉，"我对她说，"我还不习惯这样。"

"你到现在也该适应了吧。"她干巴巴地评论了一句。

"没错。我已经缓过来了。你知道有多少人幸免……"

"嗯，弗拉德？你说什么？"

我坐在那里足足思考了好一阵子，然后才再次向她提出了刚才的问题，这次口气相对不那么强硬："有多少人在两次暗杀袭击中幸免于难？更别说三次了。"

她摇摇头："只会有少得不能再少的一些人才会躲过第一次，我想我从来就没听说过有谁连续躲过两次的，至于三次嘛——简直就是奇迹了，弗拉季米尔。"

"是吗？"

"你什么意思？"

"你看，卡奥蒂。我很优秀，我知道，同时也很走运。可如果我没那么优秀，也没那么走运的话，这种事之后还会留下什么？"

"那次暗杀很没水平？"她问，一边的眉毛扬了起来。

我看见了，也抬起一边的眉毛："你是吗？"

"不是。"

"所以还能剩下些什么？"

"我放弃。你到底要说什么？"

"那次袭击不是玩真的。"

"什么？"

"要是拉里斯就没打算杀我呢？"

"这真荒唐。"

"我同意。但只有这样才可能连续躲过三次暗杀袭击。"

"嗯，的确。但是……"

"我们考虑一下吧，好不好？"

"我要怎么考虑？见鬼，我自己就亲手干掉了他们中的一个。"

"我知道。好吧，那么，我们就从你开始想好了。是真的有人雇你来杀我，还是说只是雇了你，让一切看起来好像是你试图把我给杀了？"

"为什么你会对龙迦人？……"

"别逃避问题，拜托了，到底是哪一种情况？"

"我们是受雇来杀你的，真该死！"

"这在场面上是说得过去的，你知道。别介意。"我飞快地说着，她的脸变得绯红，"好。你说你们是受雇来杀我的。假设你接到的这份工作只是要你做个样子，你怎么？……"

“我不会做样子。然后让我自己去送死吗？”

“暂时跳过这个问题。只是假设而已，你会怎么处理我刚才提出的问题？如果你的任务只是要让我认为拉里斯想要杀了我的话。”

“我……”她停住了，看上去很困惑。

“对。你现在的回答就要像你当时回应任务那样。”

“弗拉季米尔，”她慢慢地说道，“你真的认为会有这种事吗？”

“唔……不尽然。不过我不排除这种可能性，不是吗？”

“我猜是的，”她说，“可是又得把你扔在哪里呢？”

“这就是说，目前，我们可以忽略你和诺拉莎了。”

“你还没说他为什么会想要那么做的。”

“我知道。这个问题也先跳过去。我们来看看在事务所外面的那次袭击，我告诉过你了，对吗？”

“是的。”

“好吧。我一直对这事儿避而不谈是因为我很迅速也很敏捷，而且最主要的是，因为洛尤希及时给我发出了警报，并且好好料理了他们中的一个，这样我就可以腾出手来对付另外的那个。”

“我真怀疑你还会记得这事儿，头儿。”

“闭嘴，洛尤希。”

“现在，”我接着说下去，“既然如此，拉里斯，还有任何一个他雇佣的人，怎么会还对洛尤希一无所知呢？”

“嗯，他当然知道它——不然怎么会派两个刺客来呢？”

“但是他们低估了它？”

“嗯——原谅我，洛尤希——但它还没有强到能对抗我和诺拉莎的那种程度。还有，你的反应速度和能力都超出了拉里斯的预期，就像我以前跟你说的那样，你生来就有一种让人低估你的天赋。”

“也许吧。或者可能他就是派了两个不够格的人来，想让他们把事情搞砸。”

“荒谬！他不可能告诉他们去把事情搞砸，那简直就是自杀行为。他也不

可能明知他们不行还让他们来。据我所知，其实他们差一点就抓到你了。”

“有可能。就算他们抓到，也不可能把时间拖太久。我们对他们没什么好问的。不过这倒提醒我了，当时他也没有告诉你要把时间拖长，对吧？”

“没有。”

“好吧，略过这个问题。他大概已经料到我会活下来了，而且，就算我死了，也会得到复活。”

“但是你还没说为什么。”

“稍等。现在，关于今天——”

“我想知道你什么时候才会说到正题上去。你有没有看清楚那个人朝你扔了什么？”

“那个法师？”

“不是，另外那个。”

“没看清，他扔了什么？”

“一对大飞刀，刀刃很薄，而且都精确地瞄准了你的脑袋。”

“但我蹲下去闪开了。”

“噢，别装了，弗拉德。他怎可能知道你会反应得那么迅速？”

“因为他了解我——他研究过我。死门，卡奥蒂。那就是我会做的，我会尽自己最大努力做的事情。”

“我有问题……”

“好的，稍等片刻。”我朝着外面喊，“梅勒斯塔夫，叫克瑞加进来！”

“遵命，头儿。”

卡奥蒂用一种质疑的目光看着我，但我竖起一根指头示意她稍微等一等。克瑞加走进房间，站定后，他瞟了卡奥蒂一眼，然后看着我。

“这位女士，”我告诉他，“是‘龙蜥之匕’。”我一边说，一边用征询的目光看着她。

“无所谓，”她说，“反正都无关紧要了。”

“好的，”我说，“她又叫卡奥蒂。卡奥蒂，这是克瑞加，我的副手。”

“这就是我吗？”他沉思道，“我真惊讶。”

“坐下，”他坐下了，“好，克瑞加。你是拉里斯。”

“我是拉里斯。我是拉里斯？你刚才不是还说我是你的副手吗？”

“住口！要是你得到消息说我坐在一家餐馆里，会做什么？”

“呃……我会派一个刺客过去。”

“一个刺客？不是四个？”

“四个？我为什么要派四个去？拉里斯应该要杀了你，而不是给你至高无上的荣誉。要是有四个刺客，你就有了三个事件目击证人，他应该找一个很能干的家伙。有一大票‘道上的人’知道你坐在一个餐馆里时都可以毫无困难地把你摆平。要是他找不到一个够格的，他就会派两个去。但不是四个。”

我点点头，看着卡奥蒂：“你和诺拉莎的工作方法让你们和大部分龙蜥失去了联系。但无疑克瑞加说得很对。”

“那就是发生的事情吗，头儿？”克瑞加问道，一脸困惑的表情。

“再说吧，”我对他说，“现在，我们假设你周围没有足够能干的人，或者两个还不错的也没有，你要派四个人去。你会告诉他们去做什么？”

他考虑了一会儿。

“我知道你坐在什么地方以及那块地方的整体布局吗？”

“给你消息的人也会把这些情况告诉你的，或者你也可以再同他取得联系然后问他。”

“行。那我就会把这个情况告诉他们，然后对他们说：‘去把他做掉。’还有什么要说的吗？”

“你不会要他们在外面守株待兔？”

他摇摇头，神色比以往任何时候都更加困惑：“为什么要给你站起来的机会，如果你坐着……”

“是的，”卡奥蒂突然开口，“我走出去的时候他们就站在那儿，等着，这让我很烦，但是我到现在也没反应过来。你说得对。”

我点点头：“也就是说拉里斯也好，他手底下的人也好，都不够水准，或者——暂时先这样吧，克瑞加。”

“呃……好的。嗯，我希望我帮得上忙。”他甩甩头走了。

“或者，”我接着对卡奥蒂说，“他其实就没打算把我给杀了。”

“要是他试图糊弄你，”她说，“他就不能做得更好一些吗？毕竟，你已经想明白这一点了。如果你要利用成败来证明这个目的……”

“如果我们沿着这个思路推下去，我就应该会发现他只是在装腔作势，对吧？来吧，亲爱的，我们又不是魇蛇。”

“好的，”她说，“可你还是没说他为什么要装模作样。”

“那个，”我对她说，“他可是很狡诈的。”

她嗤之以鼻。

我抬起手来：“我只是说他很狡诈——要不是这样的话我也就不会更狡猾了。他不杀了我，一个显而易见的原因就是他想要我活着。”

“对。”她说，“真聪明。”

“现在，有什么理由会让他想要我活着呢？”

“嗯，我最起码知道一个好理由，但我认为你不是他那个类型的。”

我用力地亲了她一口，开始处理我的事情：“现在，有不少可能的理由都会让他想要我活着，只要……”

“说来听听。”

“我一会儿折回来说这个。只要这些理由中有一个是真的，那么他都会希望通过恐吓来迫使我和他进行交易。我们可能在任何时候听到他的消息，听见他问我是否接受他的条件；如果我真的听到这种消息，那么我回应的内容就得看我算不算得出他下一步的动向，这样我就知道他有多急切地想要我活着了。明白没？”

她摇摇头：“你确定你真的不是个魇蛇？算了，别介意。继续说吧。”

“好的。现在，至于他之所以不想杀我的理由，最先能想到的就是：他可能并不想遇到我死后的事情。好，如果我死了，会发生什么事？”

“我宰了他。”她说。

“这是一个可……你刚才说什么？”

“我宰了他。”

我咽了一口唾沫。

"嗯，"她怒气冲冲地说道，鼻孔因为愤怒而张得老大，"那你认为我会做什么？亲他吗？"

"我——谢谢你。我还没考虑过。"

"继续。"

"他可能知道这个吗？"

她看起来很困惑："我想不会。"

我突然想到了点事情："洛尤希，有没有谁可能——？"

"没有，头儿。别担心那个了。"

"你确定？爱情咒语……"

"确定，头儿。"

"好的。多谢了。"

我甩甩头："好吧。我想说的是，我的一些朋友——另外的朋友——可能会对他以牙还牙的。不是雅丽拉——她是战龙的王位继承人，如果她要发动对龙蜥的战争，战龙长老会就会找一个角犬来——但莫罗岚就有可能去追捕拉里斯，而且塞丝拉也有可能会有所动作。拉里斯可能就担心这个。但要真是这样，他又为什么要开战呢？大概是他发现我有这些朋友的时候，已经来不及收手了。"

"这全都是你一连串的推测，弗拉季米尔。"

"我知道。但这整个事件都是一大串的推测罢了。总之，另外一种可能性就是，他已经知道了这一切，但还是因为某些其他的原因发动了战争，并且希望在不把我杀了的情况下获得某些利益。"

"理由呢？"

"这场战争是为什么而开打的？"

"领地。"

"对。假设他想要某个特定的地盘，就会有某种东西藏在那附近，某种重要的东西。"她看起来并不相信这种说法，我接着往下说：

"你看见前面的那块地方了吗？他们在那儿进行了一场突袭，我当时并没有在意，不过可能我的事务所正好处在他们想要的某件东西上面。"

“噢，行啦，这太扯了，我都没办法相信。”

“好吧，”我稍作让步，“我不是说我就已经说中要害，我只是试图把这些可能性展示给你看而已。”

她做了个鬼脸：“你说服不了我。所有这些事情都是在假设我和诺拉莎是这个骗局中一分子的基础上的。我可能没办法证明我们不是，但我知道我们确实不是，所以我不会相信的。”

我叹了口气：“我也不相信你们真的是。”

“嗯，那么，你的推理还剩下什么？”

我想了一会儿，道：*“克瑞加。”*

“怎么，弗拉德？”

“还记得那个给我们报信的旅馆老板吗？”

“当然。”

“你说他听见有人安排了这一切，那你知不知道他是否听见那个和刺客谈话的人的名字？”

“对，他听见了。他说那个小喽啰是靠名字和他们说话的，这样我才知道我们要面对的人是谁。”

“我知道了。你去见他的时候，他，你怎么说的来着，‘大吃一惊还想去找警卫’。现在你稍微做个猜测，他究竟是更害怕你呢，还是更害怕和你面谈？”

“你真阴险，弗拉德。”

“你也一样，克瑞加。试试看吧。”

停了一会儿：“我的第一感觉是他怕我本人，但是我不明白……”

“多谢了。”

我转回来对卡奥蒂说：“你介意告诉我这些事情是在哪里提出来的吗？”

“哈？”

“你已经承认你是受雇来刺杀我的。我想知道的就是这些事情都是在哪里安排好的。”

她看了我好一会儿：“为什么？这事情有什么……”

“如果我的推测成立，就会告诉你；如果不成立，我还是会告诉你。现在，

那件事是在哪里安排下来的？”

“拉里斯地盘上的一家餐厅，你知道我不能说得更详细……”

“几楼？”

“啊？”

“几楼？”

这让我得到了一道探询的目光：“大堂啊。”

“对。是餐厅，而不是酒馆。好，你也没有跟他私下交谈，对不对？”

“当然没有。”

“所以你甚至不知道这工作是谁给你的？”

“嗯……技术上来说不知道，我这么推测。但我假设……”她停住了，睁大了眼睛，“那么，是谁——？”

“待会儿说，”我对她说，“我们马上就会提到他了。我想——他并不是你想的那个人。给我点时间。”

她点点头。

“克瑞加。”

“什么事，弗拉德？”

“咱们的那个朋友，那个酒馆老板——我想他可以去死了。”

“可是，头儿，他——”

“闭嘴。把他干掉。”

“好吧，你说什么都好。”

*“这就对了。我说什么都好。”*我考虑了一会儿，*“叫萧恩去，他比较可靠。”*

“行。”

没有小弟的麻烦就在于：你得亲自动手去做那些肮脏事儿。

14

“莫罗岚大人，我必须强调。”

我靠在椅子背上：“下面一个问题，就是他们为什么——卡奥蒂？怎么说来着？”

她眯起眼睛来盯着我。

“他计划好了我们的行动，”她说，“或者是别的什么人做了这种事。”

“唔嗯，你说得对。我太专注于自己的问题，忘记站在你的立场上看问题了。”

“你之前说我错了，就在我想到可能会有别的什么人做了这件事的时候。为什么？”

“我们从拉里斯手下的一个人那里得到消息，这意味着他很可能在当中插了一手。”

“你说得对，所以就是他了。”

“可为什么，卡奥蒂？为什么他想要让我认为他在追捕我？”

“我要问你另外一个问题，”她说，“他为什么要利用我们？”

“嗯，这样无疑就很有说服力了。”

“我假设是这样。我把这个告诉诺拉莎时——”她停住了，脸上露出一个古怪的表情。

“什么？”

“我不该把这个告诉诺拉莎的，弗拉季米尔。她现在是战龙的继承人，或者很快就会是了。如果她在这个节骨眼上卷入到龙蜥的行动中，她就会丧失自己的立场。我不能这么对她。我真希望自己没有告诉过她那次更早时候发生在你身上的袭击事件。”

“唔嗯。”

“所以就是你和我了，我们会找到那个狗娘养的，然后——”

“怎么找？他消失了，而且还针对魔法追踪作了防范，甚至还阻绝了秘术。我知道，因为我已经试过了。”

“我们会找到办法的，弗拉季米尔。总会有办法的。”

“可是为什么，他在找什么？”

她耸耸肩，掏出一把匕首来，开始抛弄它。我在一瞬间屏住了呼吸，观察着她的一举一动。她简直就好像是我的女性版本一样——

“好吧，”我继续说，“究竟是什么地方不对劲？首先，雇佣了你和诺拉莎这样很有声誉的一对刺客搭档，却只是要去实施一个骗局。其次，他还用的是你们俩都能查明而且过后都能活下来的方法实施骗局。他应该知道你们对此不会高兴，还有——”

“不，”卡奥蒂说，“我活着的唯一原因就是诺拉莎拒绝同雅丽拉交谈，除非她复活我。而诺拉莎活着的唯一理由就是雅丽拉确信她就是战龙领主并且想要听听她的故事。”她吃吃地笑起来，“诺拉莎无论如何也不会跟她谈的。”

“我明白了，”我对她柔声说道，“我还不知道这个。那么，如果这就是他的计划，他可能对你们俩的依赖性就相当的大了——然后，就这样了。”

“什么？”

“稍等。是这样吗？不，这也没有意义。为什么？……”

“你在说什么，弗拉季米尔？”

“嗯，我的意思是万一目的就是把你和诺拉莎杀了的话……但那样就一点意义都没有了。”

她考虑了一分钟：“我同意，确实就没意义了。还有别的方法可以杀了我

们，而且这个骗局为什么在失败之后还在继续呢？”

“我赞成。可是……拉里斯可能知道诺拉莎的背景吗？”

“我看不出他怎么会知道。我估计有这种可能，不过为什么他会关心这个？”

“我不知道。但是你看：你和诺拉莎都活着最有可能是个意外。所以到目前为止，唯一要搞定的事情就是你们俩的死。现在，对你们俩来说，最有可能的是某人想要杀了诺拉莎，而且很可能和她的背景有关。如果我们假设是这种情况并且沿着它推理下去，那么我们会遇到什么事？”

“这种说法解释不了对你的战争。为什么不直接杀了她？或者，如果他想要迂回行事的话，为什么不给我们一个把你杀掉的任务，然后再雇佣其他人把我们在那儿搞掉？”

我点点头：“这就比我能想到的更复杂了，我知道我们应该和那个人谈谈这事儿。”

“谁？”

“哪位战龙领主对继承人人选最感兴趣？谁可能安排下这整件事情，就只是要诺拉莎死掉，然后再被复活，然后被立为战龙继承人？谁会要了我的小命，只是为了让事情看起来没有差池？谁会想为王座找一个新的继承人？

她点点头：“雅丽拉。”

“我去安排传送。”

卡奥蒂和我互相依偎支撑着，站在了黯堡的庭院里。这座庭院飘浮在亚德里兰卡东北 175 英里处一座小村庄的上空，站在庭院里往东就能看见玄虎山脉的山顶，这可比向下看令人愉快多了。

“我想吐。”我尽量平静地评价道。

卡奥蒂点点头。

“所谓夫妇，就是要同传送，共呕吐的。”

“闭嘴，洛尤希。”

卡奥蒂吃吃地笑起来，我尖锐地瞥了她一眼。

“洛尤希，你也跟她说了？”

“我不该说吗？”

“你根本就不该说。不过我要说的不是这个，嗯，真是……有趣。”

等肠胃稍微平息一点后，我们走到了门口。他们打开门，让开一条路，缇尔达女士对我们问候了一番，同时告诉我们雅丽拉正和莫罗岚一起在图书室里。我告诉她我们自己可以找过去，然后就像我平时那样，上了楼，顺便打量了走廊里的艺术品，最后敲了敲图书馆的门。

“进来。”说话的是莫罗岚。

我们进去了，看见他俩脸上显而易见的表情我只有一句话好说了：他们居然没有在争论什么东西。

“你们俩中有人病了？”我问他们。

“没有，”莫罗岚说，“你怎么想起来问这个？”

“别在意。我有话要跟你说，雅丽拉。莫罗岚，这事儿可能跟你也有点关系，所以你听听也无妨。”

“那么坐下说吧，”他说，“要不要点酒？”

“谢谢。”我看了看卡奥蒂，她点点头，“两杯。诺拉莎在哪里？”

“她在接受检查。”雅丽拉说。

“噢。大概不会有问题的。”

雅丽拉抬起一条纤细的眉毛：“她不该听到这些话吗？”

“无论如何，还不是时候。”

我们拉开椅子坐下时，一个仆人带着酒进来了。莫罗岚喜欢汽酒，尽管我觉得那种东西简直就是令人反胃。不过，自从他知道这一点以后，就拿了一瓶干白来，冰得恰到好处。我举杯致意，啜了一口，然后在我想好怎么把要告诉雅丽拉的话说出来之前，让舌头好好享受了一番。

等她终于等得不耐烦了，才问我：“你要说什么，弗拉德？”

我叹了口气，把暗杀袭击的经过尽可能地来了个竹筒倒豆子，但没有涉及除必要部分之外有关我自己事情的细节，也没有实际说到卡奥蒂已经承认试图杀死我。我的意思是，雅丽拉其实知道这件事，但我还是很难打破习惯说出去。

我说的时候，她和莫罗岚逐渐变得警惕起来，还不时地交换一下眼神。我最后说我真是不太明白为什么拉里斯想要诺拉莎死，但我也没有别的方法来解释这些事情。问他们有没有什么想法。

“没有，”雅丽拉说，“但是不要紧。我会尽快把他捉拿归案，到时候一切都会清楚了。”

莫罗岚轻轻地咳嗽了一声：“我得说，亲爱的表妹，你最起码应该等到诺拉莎女士的地位得到确认后再说吧。你是现任继承人，而且长老会基本上不会赞成让战龙的人卷入到龙蜥的事务中去的。”

“所以呢？”她突然发话，“他们会对我做什么？发现我不适合作女皇？那就来啊！此外，诺拉莎肯定会得到认可的。”

“可能性微乎其微，”莫罗岚说，“她和龙蜥的联合不是一天两天了。”

“再正常不过了，在那种情况下。”

“不管怎么说……”

“不管怎么说，我不在乎。我会去找这个龙蜥，然后我会给他看基兰之剑。你帮不帮我随便，但是妨碍我会是一个错误的选择。”

她站起来对莫罗岚怒目相向：“嗯？”

我转过身用平静的语气对卡奥蒂说：“别担心，他们总这样的。”她吃吃地笑起来。雅丽拉和莫罗岚似乎都没注意到我们。

莫罗岚叹了一口气：“坐下，雅丽拉。这简直一派胡言。我要你做的就是等一两天，等我们知道长老会对诺拉莎女士的检查结果之后再说。要是她没能成为继承人，我们到时候再讨论。现在冲动行事毫无助益，你没办法找到他的。”

她瞪了他半天，然后坐下来：“那么，两天。最多两天。然后我就宰了他。”

“我会帮忙的。”卡奥蒂说。

雅丽拉想要反驳，但卡奥蒂打断了她。“就这样，”她说，“你忘记了：我曾经和龙迦人共事过。对此我一点都不介意。”

卡奥蒂和我愉快地接受了莫罗岚邀我们共进午餐的盛情，然后我独自告退，回到现在已经空无一人的图书室里来思考一番。

诺拉莎的这些事情，我认为，都很好，但对我找到拉里斯，或者至少让他不再嘲笑我的问题上一点帮助都没有。卡奥蒂和雅丽拉可以谈论把他杀掉的问题，但即使雅丽拉说的是实话，她们也不会比我更容易找到他。而且我也等不起，如果这样耗下去，我最多还能置身事外一个星期左右。

我突然想到也许可以给他捎个信，提议休战。但他不会接受的。而每当我想到聂拉的尸体，躺在他店铺的一堆瓦砾之间，还有我和特梅克以及瓦格共事的这几年，我知道我也不会接受的。

这又把我的思绪带回到寻找拉里斯，带回到那个大问题上面去：巴瑞特生前最后那一段时间里有谁和他共事过？那个人是拉里斯的后台老板吗？这件事怎么又会牵涉进诺拉莎的事情里去？是雅丽拉的缘故吗？如果不是，那会是谁？而且我又该如何来证实这些问题呢？

当我想到这一点时，卡奥蒂、莫罗岚和雅丽拉都走了进来。还不等他们坐下，我就发话了："莫罗岚，你有没有找到关于那个恐枭的东西？"我试图在发问的同时留神看着雅丽拉，但她面无表情，什么表示都没有。

"没有。塞丝拉正在关注这件事。你还有什么事吗？"

"有。你说那个恐枭是被人举荐的，能查出是谁曾经举荐这个人参与诺拉莎上次的检查的吗？"

他点点头："我知道你为什么要这么问。我们必须假设这个恐枭，就像你说的那样，是个'冒名顶替者'，而举荐她的人大概会知道这一点。非常好，我会看看我能查出点什么来。不过我怀疑这种事情会有记录，但是也不太可能会有人记得这种事。"

"当然，除了当事者本人。嗯。有没有什么办法把每一个可能提议的人都整理成一个单子？"

莫罗岚显得很是震惊："为什么——对，这还是有可能的。我马上就去查。"

"谢谢你。"我说。

"没事。"

"这会起到什么作用呢，弗拉德？"莫罗岚走后，雅丽拉问我。

"我不知道，"我谨慎地回答，"在这类事情上很有可能我们能找出谁是心

甘情愿上钩的，谁不是自愿被骗的以及可能躲在幕后的什么人。不过如果我们能找到推荐人，这起码就开了个头。”

她点点头：“那么那个角犬呢？”

“关于她我还没什么好说的。但是你看：我知道那个角犬在场只是为了确保所有步骤都循规蹈矩而已，说是这样说的。而且也没有什么理由让第一次检查中愚弄了小塞丝拉的那人不会连这个角犬一起糊弄过去。”

“确实。”

“所以，就这些参与人员而言，我们现在有：小塞丝拉，她是被骗或者主动参与进去的；那个角犬，她也是被骗或者直接参与的；巴瑞特，他被骗进来或者是直接参与了，然后被杀了；还有某个人物，就是那个恐枭，或者是用了假名的恐枭。”

“换句话说，就是我们什么也不确定。”

“正确。我们非得把那个‘恐枭’的真实身份找出来不可，她是我们找到幕后黑手的唯一线索——如果，事实上，她并没有真的藏在幕后。”

“嗯，弗拉德，你没有那个角犬贵族的名字吗？你为什么不问她？她应该要记得，或者最起码把它都写下来了——角犬会把所有东西都记下来的。”

“现在，”我说，“倒是有个主意。”我考虑了一会儿。雅丽拉会做什么呢，如果……“但是角犬不会喜欢和龙蜥交谈的，”我突然说，“你能替我找到什么机会吗？”

“她叫什么名字，还有住在哪儿？”

我告诉了她。

“我会帮你找到机会的。”她说。

“谢谢你。”

她朝我和卡奥蒂鞠了一躬，走了。

“你为什么要这么做，弗拉季米尔？”

“为了查出来雅丽拉会对此做些什么。如果有消息表明那个角犬最近死了，我们就有了自己的答案。如果没有，我们会知道雅丽拉会怎么转述角犬告诉她的话。”我叹了一口气，把思绪拉回去。卡奥蒂走到我的身后开始揉我的肩

膀。我伸出双手拉住了她的手，她俯身向前扑过我的头，亲了我一口，把洛尤希轰到了一边。

“你俩真恶心。”

“安静。我正忙着呢。”

有人敲门。我们叹了口气，卡奥蒂直起身来。

“进来。”我喊道。

诺拉莎走了进来，满脸死气沉沉。我站起身来瞟了卡奥蒂一眼，她正和诺拉莎四目相对。

“检查的结果表明你不是战龙。”我试探道。

“错了。”她说。

“然后发生了什么？”

“我现在是得到证实的战龙领主——但不是继承人。”

“噢，”我说，“我很遗憾。如果你们俩愿意……”

“问题不在于此，”她猛地打断了我的话，“他们希望‘观察’我一段时间再把我定作继承人。我就不得不去凤凰卫队里面服役来‘证明’我自己。总之，好像我就是有欲望要成为女皇似的。”

我摇摇头：“难道不是所有战龙领主都曾想要继承帝位吗？”

“不是。”诺拉莎说。

“好吧。你是因为他们没有立刻给予你足够的信任而感到沮丧吗？”

“有点儿。但是我还发现了其他事情。恐怕这就不是我能告诉你的了，塔托希大人。不过我的妹妹和我……”她停住了，我猜测她正和卡奥蒂用心灵感应沟通。过了一会儿，诺拉莎转过身来对我说：“所以你都知道了。”

“关于你袭击我失败的理由？还有这么做的意图？”

“对。”

“那我知道了。”

“那你就会了解我和我妹妹必须暂时离开的理由了，我们得出席——”

“你怎么发现的？”

“有人告诉我了。”

“谁？”

“我发誓不说的。”

“噢。”

“暂时告……”

“稍等一下，拜托。我得想一下。在你走之前，还有件事。”

“请快点。”

我对卡奥蒂向我投过来的质询的目光视而不见，探寻出去——*“莫罗岚！回来这里，快点！”*

“为什么？”

“没时间了。快点！”

然后：*“雅丽拉，有麻烦了。莫罗岚已经在路上了，你也要过来。”*不管雅丽拉是不是无辜的，她一定想要阻止诺拉莎——但愿如此。

莫罗岚一阵风似的冲进了房间，雅丽拉紧随其后。莫罗岚的剑已经出鞘，而雅丽拉提着六英尺长的闪光黑铁刃。他俩都看着我。

“怎么了，弗拉德？”莫罗岚问我。

“诺拉莎女士想要公布龙蜥的追猎计划。”

“所以？”

“所以战龙长老会已经——”

“这跟你一点关系都没有，塔托希大人。”诺拉莎冷冷地说，一只手已经握住了刀柄。

“——接受她作为战龙的身份，但是——”

诺拉莎拔出了剑。洛尤希嘶鸣着落在我的肩膀上。我匆匆地瞥了卡奥蒂一眼，她脸上显露出一种苦恼的表情来。但莫罗岚的长剑“黑杖”，也被他握在手中。他作势让剑尖指着诺拉莎，她挥动手中的剑把它深深地插入图书室墙壁的木梁中。她看着莫罗岚，满眼惊奇。

“我的女士，”他说，“在黯堡，我不允许针对我的客人的杀害，除非是在他们可以被复活的情况下。更进一步说，你，身为一个战龙领主，不应该要人提醒你待客之道。”

过了一会儿，诺拉莎鞠了一躬。“非常好。”她说，然后把剑从木梁里拔出来，用龙蜥平常的速度收刀入鞘，而不是战龙领主那种一瞬间的方式，“那么我得走了。咱们走吧，妹妹。”

“雅丽拉，阻止她们！”

我刚一“说完”，莫罗岚转身对雅丽拉说：“你刚刚做了什么？”

“我对暗堡布置了一个传送障碍，”她说，“希望你不要介意。”

诺拉莎的眼睛瞪大了，然后又眯成了一条缝。“莫罗岚大人，”她缓缓地说，“我必须强调……”

“噢，维拉的厚爱，”我说，“你能给我30秒钟来把话说完吗？”

“为什么要给？”

“为什么不给？”

她盯着我，尽管我已经十九岁了，但是战龙领主仍然可以居高临下地盯着我。

我对他们说：“战龙长老会想要在正式将她立为继承人之前，观察她一段时间。如果她要去追捕逃走的龙蜥，就让她去好了。我觉得你们两位也该知道，最重要的是在她犯错误之前同她谈清楚。现在，请你们留下来讨论一下，我就在脑袋搬家前先告退了。”

我并没有安静地跑出图书室，而是一路下楼到了前厅，然后找到了一间小起居室。我给自己倒了一杯廉价红酒一饮而尽，考虑着某些阴暗的想法。

瓶子半空时有人敲门，我对此置若罔闻。敲门声又响起来，我仍然没有理会。

门开了。看清来人是卡奥蒂后我满脸愁容一扫而光。她坐了下来。

“你怎么找到我的？”

“洛尤希。”

“噢。发生什么事了？”

“诺拉莎同意在有所动作之前先等两天，雅丽拉也是。”

“太妙了。”

“弗拉季米尔？”

“什么？”

“你为什么要这么做？”

“做什么？阻止她？”

“对。难道你不想要有人把拉里斯揪出来吗？”

“她在找那个人这件事上的运气不会比我更好，你跟雅丽拉也是一样。”

“但是，就算这样，我们多有一个人来……”她掐断了句子，我也没有继续这个话题。过了一会儿，我想起了自己的礼节，然后给她也倒了些廉价红酒。她啜饮了一口，很优雅的样子，拇指和食指捏住柄脚，小指翘起来，就好像在宴会上似的。整个过程中她眼睛一直盯着我。

“为什么，弗拉季米尔？”她重复了一遍。

“我不知道。为什么任何理由都没有就毁了她的机会？”

“你说的她是谁？”

“你的搭档。”

“哦。”

她站起来放下酒杯，朝我的椅子走过来，低头看了我一会儿，然后单膝跪下，握住我的右手，亲了一口，又用脸颊摩擦着我的手。我张了张嘴，想是否应该拍拍她的头或是就别的什么事做点聪明的评价，但是洛尤希在附近转悠，藏在我的喉咙里咂嘴，以至于我什么都没说出来。

然后，卡奥蒂仍然握着我的手不放，抬起头来看着我说：“弗拉季米尔，我将会成为世界上最幸福的女人，如果你答应做我丈夫的话。”

我愣了差不多三百年才问：“什么？”

“我想跟你结婚。”她说。

我盯着她，最后才迸出三个字来：“为什么？”

她望着我：“因为我爱你。”

我摇头：“我也爱你，卡奥蒂，你知道的。但是你不可能想要跟我结婚。”

“为什么。”

“因为……该死，我活不了几天了！”

“你说拉里斯只是在虚张声势。”

“也许他是吧，但如果我继续这么追查下去的话就不会了。不管他在玩什么游戏，他迟早都会假戏真做的。”

“他不会抓到你的。”她平静地说，我几乎就要相信她了。

我还是盯着她看，最后才说：“好吧，我说，等拉里斯的这件事儿了结了，如果我还活着，而你还有这个想法的话，嗯，啊，当然我会。我，哦，该死。卡奥蒂，我都不知道该说什么好了。”

“谢谢你，大人。”

“圣裁诸神在上，快起来！你让我觉得好像——我都不知道该怎样才好了。”

她平静地起身，站在我面前。然后突然咧嘴一笑，跳起来，落到我的大腿上。椅子向后翻倒，我们两人最后扭成一团摔倒在地，洛尤希刚好来得及勉强逃走了。

过了两个小时又灌了三瓶酒，我们跌跌撞撞地回到了图书室。莫罗岚独自待在里面。我基本上还算够清醒，不想让他知道我们喝了多少，所以，有点不好意思地说，我施了一个快速醒酒咒语。

他抬起头朝我们看过来，扬了扬一条眉毛，然后说：“进来。”

“谢谢你。”我说道，转头去看卡奥蒂，发现她也做了相同的事情。真可耻。

“你们俩今晚要留下吗？”

卡奥蒂看着我，我点点头：“我还需要检查一下那张巴瑞特后裔的名单。这倒提醒我了，你有没有查出来是谁可能推荐了那个恐枭？”

“我手下的一个人正在汇编名单，不出今晚应该就能弄好了。”

“太好了。我拜托雅丽拉查查那个角犬的事。你知道她去做了没有吗？”

“她眼下正在跟诺拉莎说话，我认为她们正在寻找定位拉里斯本人的有效办法。”

“哦。嗯，也许，明天吧。”

“是的。我要去小餐厅进晚餐了，相信雅丽拉、塞丝拉还有诺拉莎女士都会一起来的。你们两位要不要一起来？”

我看着卡奥蒂。“那我们恭敬不如从命。”她说。

“相当好。然后，你们可以参加在主餐厅的宴会，并且继续你的调查。”

“没错。”我赞同道，“搞不好我甚至可能避免和你的恐枭朋友发生争执呢。”

“恐枭朋友？我不相信这段时间会有什么恐枭贵族在这儿露面。”

“你知道我说的是谁，穿黄绿色或者什么色衣服的女巫。”

莫罗岚笑了：“绿衣女巫。虽然我得承认她看起来确实很像。”

我脑子里有什么东西炸开了。“她不是？”我问他，“那她是什么家族？”

“魔蛇家族的。”莫罗岚说。

15

“我假设他会得到丰厚的报酬”

“怎么了，弗拉德？你为什么一直盯着我？”

“我刚才听到的东西太难以置信了。一个魇蛇？你确定？”

“当然确定。怎么了？”

“莫罗岚，你说要多少个魇蛇才能将一把剑磨快？”

他眯缝着眼睛看着我。“告诉我吧。”他说。

“三个。一个磨剑，一个扰乱那俩的视听。”

“我明白了。”他咕咕地笑了几声，“不错。这跟我们现在的处境有什么关系？”

“确切地说，我也不清楚。不过——不管你在哪里找到一个魇蛇，都等于找到了一个阴谋。一个深藏不露的阴谋。错综复杂，让人困惑不已，就好像我们现在面对的东西一样。我不知道具体情况如何，但是她——绿衣女巫——自从所有事情开始的那一刻就在我们周围徘徊不去。她在你身旁，在雅丽拉附近，而且间接地接近了诺拉莎、卡奥蒂和塞丝拉，接近我们全部人。这不可能是一个意外。”

“而且如果这些还不够的话，她还看起来更像一个恐枭。”

“我们坐在这儿试图寻找一个根本不存在的恐枭，而现在我们发现了一个

酷似那人的魔蛇，并且从头到尾一直都在我们周围。你不认为她和这一切有点什么关系吗？”

“我明白你的意思，”他说，“我想我应该和她谈谈，然后——”

“不！”

“劳驾你分析一下？”

“别跟她谈。也别让她知道。我们现在唯一的优势就是她还不知道我们起了疑心。在知道她究竟在寻找什么东西之前我们不能冒险放走这个优势。”

“嗯哼。毫无疑问，除了魔蛇就没人能破解一个魔蛇的计划了。”

“也许吧。不过解释一下莱伦·埃·纳瓦尔大人吧，也许与我的原则不同。”

他考虑了一会儿，然后对我说：“很好，弗拉德。你的计划是什么？”

“我现在还没计划。首先，我想要考虑清楚我现在都知道些什么，然后看看我能不能从中发现一点意义。”

“说得好。”

“卡奥蒂，你为什么不去把诺拉莎和雅丽拉找来呢？”

她点点头。莫罗岚说：“你可能需要帮助。”然后他俩都走了。

我坐下来沉思了差不多半个钟头，一直到他们四个都回来，还连同塞丝拉也到了。

“嗯，”雅丽拉说，“你考虑出来什么了？”

“什么也没有，”我回答说，“从另外一方面来看，我也没放弃。”

“那太好了。”诺拉莎说。

“坐下吧。”我示意道。他们拉开椅子坐在我周围。我觉得自己好像又回到了事务所里，我的打手们都围坐在我周围等候下令。

“弗拉季米尔？”

“什么事，卡奥蒂？”

“莫罗岚把绿衣女巫的事情告诉雅丽拉了。我没想到要警告他不能这样。”

“见鬼。好吧。那么不管是警告了那个女巫，还是雅丽拉并没有牵涉到这件事情，无论如何我都开始怀疑雅丽拉也是幕后操纵者之一了。走着瞧。”

我说：“首先，诺拉莎女士，你可以——”

“你可以不说‘女士’的，弗拉德。”

我吃了一惊。“谢谢。”我对她说。我看见卡奥蒂朝她微笑了一下，然后我明白了，“好吧，诺拉莎。你确定不能告诉我们你是如何发现拉里斯的所作所为的吗？”

“是的。”她说。

“好吧。不过考虑一下。如果是绿衣女巫——”

“不是。”

“管他是谁，那个人都可能是为绿衣女巫工作的，或者可能是被她利用了。我希望你能告诉我们他是谁。”

“抱歉。但我觉得这一点用都没有。”

卡奥蒂说：“你真的认为绿衣女巫是幕后黑手？”

“我们只能说那确实只是一个可能的推测。在知道他们究竟在寻找什么之前，我们都没办法确认究竟谁是幕后主使。”

卡奥蒂点点头。

我接着说下去：“我们把这一系列事情都排个序吧。首先，在空位期之前，某人决定不让柯莱耶大人继承圣珠。也许这个某人就是绿衣女巫，或者绿衣女巫是为他工作的，对吧？”

房间里几个人纷纷点头。

“好的。他——或者她——所做的第一件事情，就是宣扬诺拉莎是私生女。当然，要面对这个问题的柯莱耶选择了战斗，而且，自然而然地，他在和塞丝拉的战斗中，一败涂地。在战斗中，他们一手确保了柯莱耶彻底死亡，然后亚德隆成为了继承人。迄今为止，一切都很好。要么这就是他们想要的结果，要么就是他们没工夫来对付他了。因为接着就有了亚德隆天灾，然后是两百来年的空位期。仍然，什么也没发生。然后，莫罗岚成为了继承人。还是什么也没发生。”

我又看了他们一眼，他们正目不转睛地看着我。我又接着说了下去：“空位期过后的两百四十年里，什么也没发生。所以不管谁是幕后主使，如果他还在我们周围的话，他都没有反对莫罗岚。但是紧接着，大概三年过后，雅

丽拉出现在众人视野中。一年不到，巴瑞特，很可能是同谋者中的一员，又被暗杀了。两年后，诺拉莎出现了，被杀，然后被复活，然后突然就要成为继承人了。我能理清楚的头绪也就到此为止了。”

如果雅丽拉不是没领会到针对她的一系列暗示，那她就是个技艺高超的演员了。她似乎陷入了沉思，但完全没受到我刚才说的话的影响。诺拉莎说：“弗拉德，绿衣女巫有没有机会对雅丽拉有足够深的了解，让她知道我们会被带回来？”

我对她说：“呃……你的意思是，那么，甚至那也是她计划的一部分了？我不知道。”我转头看雅丽拉。

她咬住嘴唇，过了一会儿，又耸耸肩：“一个魇蛇身上什么都可能发生。”

“不是吧，”说话的是莫罗岚，我们全都转向他，“你还忘了我也在那儿。如果你假设她预计好了雅丽拉会把诺拉莎杀了，然后又复活她的话，那么她肯定知道我会和雅丽拉在一起的。我不会相信她能那么精确地预言我们传送时的位置，而且如果我比雅丽拉更靠近诺拉莎的话，我就会出手攻击，而且我会用上‘黑杖’。”

她说这话的时候诺拉莎的脸色变得惨白，我咽下一口口水，觉得有点天旋地转。如果诺拉莎被“黑杖”所杀，那么无论谁用任何办法都不能复活她了，而且她也不能转生——龙迦人相信那些没有被带往亡者之路的灵魂都无法转生。我想知道雅丽拉是否安排了这一切，或者莫罗岚也参与进去了？

“你疑神疑鬼得太厉害啦，头儿。”

“职业病而已，洛尤希。”

我清了一下喉咙，然后说：“我认为我们可以安全地假设有人期望诺拉莎彻底死掉。”

其他人都表示同意。

“现在，”我说，“我们转过来看拉里斯。他可能藏得很好，而且也得到了完善的保护，但毫无疑问没把我杀掉让他丢了大笔金钱，还冒了很大的风险。为什么？”

“我猜想，”卡奥蒂说，“他得到了不错的报酬。”

“报酬多到了他可以冒这么大的风险？”

卡奥蒂耸耸肩：“也许他欠她人情，或者别的什么。”

“一个大人情。此外，我猜测他杀巴瑞特是作为报复……等一下。”

他们都看着我。最后，莫罗岚问：“怎么啦，弗拉德？”

我转向卡奥蒂：“你对拉里斯的过去都了解多少？”

“相当少。我在研究你的时候，偶尔也会涉及到他，回溯到你们俩都给剑手韦罗克干活的时候。当然，我也听说了现在还有当时的一些事情。”

“你有没有听说他为韦罗克策动了针对隼鹰的战争？”

她和诺拉莎都点点头。

“我也参与其中。”诺拉莎说。

“为什么韦罗克要让他去策动那场战争？他又是怎么赢的？那时候他根本一点经验都没有。”

卡奥蒂和诺拉莎打量了我一阵。“绿衣女巫？”诺拉莎问。

我说：“显然他对韦罗克有点用，要不然就是知道如何谄媚取信于他。要是我们这位法师朋友操纵了他，并且在战争中帮了他又会如何呢？”

卡奥蒂说：“你认为她也在运作针对你的战争？“

“有可能。我见过拉里斯，对他有印象。我认为他不是个容易上当受骗的人，但也可能是我看错了。另一方面，也有可能女巫对他施加了影响，然后就可以让他去做她想要做的事情。尤其是无论如何她都可以安排他最后获胜，或者告诉他她可以做到这一点。”

“如果她对他施加了压力，”诺拉莎说，“他为什么不把她给杀了？”

作为一个龙蜥，她毕竟还是个战龙。

“理由很多，”我回答说，“他可能不知道她是谁。那种控制可能就算她死了也不会消失。也许他找不到她。我也不知道了。”

“那种控制可能是什么，你对此有什么想法吗？”卡奥蒂问。

我皱起眉头：“可能是任何东西。我最先想到的是他就是搞掉巴瑞特的人，女巫证明了——相当简单，如果真是她要他去做的话——这个成果，就说拿这个作为帮她对付隼鹰的人情交换。”

“我明白了。”卡奥蒂和诺拉莎异口同声地说。

“这种投机买卖还真是有趣，”莫罗岚说，“可我还是没明白这么做的真正用意何在。”

“我们正在试图弄明白他们的意图，”我说，“每一个细节只要放在一块儿就会有用了。”

“也许吧，”他说，“但我还是更想听听你的看法：为什么绿衣女巫会做这些事情？”

“做什么？”我问。

“我不是很明确她究竟在做什么——”

“说得对。”

他缓缓地点了下头：“很好。我明白了。”

我转身面对塞丝拉，整个过程中她一言不发：“你有什么想法，或者什么猜测吗？”

“还不确定，”她慢条斯理地说，“但我开始怀疑问题的答案基本上在空位期以前就存在了，就在第一次阴谋策动的时候。他们究竟，在找什么东西？”

“是的，”我慢慢地说，“我们至少要观察一下。”我瞥了诺拉莎一眼，她一脸牙疼的表情。嗯，我基本上不会怪她的。

“这么做的一个动机，”卡奥蒂说，“看起来至少是比较清晰的了，就是试图夺取圣珠。”

我摇摇头：“我刚刚听说没有战龙想要圣珠。”

“亚德隆呢？”她一边发问，一边看着雅丽拉。

雅丽拉微笑着说：“问得好。但我父亲并不是真的想要圣珠，他只是迫于压力抛弃责任心来进行尝试而已。”

我盯着她：“等一下。你父亲认识绿衣女巫吗？”

她看起来大吃一惊：“我……相信他们是有旧交的，没错，是这样。但如果你是想说我父亲也是整个事件的幕后——”

“我不会说我认为就是这样，我只是在查证而已。”

她怒视着我，眼睛变成了铁灰色：“你有疑虑你就必然会如此说。”

“我有疑虑我就必然会查证。他们的私交有多深？”

“他们经常互相走动，还有塞丝拉，就在玄虎山脉。你问塞丝拉，她知道得比我多。”

我转向塞丝拉：“那么？”

“我怀疑，”她说，“亚德隆会是同谋者。这不是他的风格。此外，他和巴瑞特的关系也相当好。”

“这说明不了什么。”我说，“否则，如果任何事，都会让事情朝着更加强烈反对他的方向发展。他跟绿衣女巫的关系究竟如何？”

塞丝拉闭上了眼睛，好像回忆是一件很困难的事一样。然后她说：“我们那时候关系都不错，然而，亚德隆并没有和女巫特别亲近。”

“所以，”我说，“如果亚德隆觉得他的义务就是夺取圣珠，他应该会明白他的职责就是确保他成为下一任战龙皇帝。”

“我不相信，”雅丽拉猛然打断了我的话，神色比刚才更为愤怒。我笑了起来。她站起身，满眼怒火，“你故意把我拖进一个玩笑里吗，弗拉德？”

“我只是控制不住，但这实在太有意思了。我们正在谈论一个人，他试图夺取圣珠；席卷半个龙迦帝国；在帝国曾经最大的都市所在地创造了混沌海；杀了我都数不清楚的几百万号人。而你心烦意乱，因为我想知道他有没有在某些证据上小小地使了点花招来让自己行进的路更为轻松。”

卡奥蒂也开始笑起来。其他人似乎都不认为这有什么好笑，这就使情况变得更为可笑了，然后，过了一阵，我几乎都要笑疯了。雅丽拉说：“这不一样。这件事关系到蒙骗塞丝拉，她是我的朋友。相当于战龙家族的荣誉一样。”

很奇怪，这倒让我清醒了。确实没什么比这个更有趣了，但是，从某种程度上来说，这也很悲哀。卡奥蒂刚刚重新找回了她的笑声。我对她说：“没错，雅丽拉。也许他并没有自己动手，但绿衣女巫可以在他不知情的情况下就把一切做好，不是吗？”

雅丽拉重新坐回椅子里，对这个说法嗤之以鼻：“我很怀疑。”

“好吧。那么，亚德隆和诺拉莎的父亲，柯莱耶，关系如何？”

雅丽拉耸耸肩，傲慢地移开了目光。我又转向塞丝拉，她看起来有些不舒服，但还是说："我记得，他们意见不和。从任何一个角度上来说，他们都不是仇敌，但他们就是谈不拢。"

"当然谈不拢，"雅丽拉说，"我父亲认为战龙应该夺得王位，柯莱耶却不这么想。"

塞丝拉点点头："基本上就是这样，"她说，"他们在面对麻烦的紧迫性上无法达成一致意见。"

"什么麻烦？"

"帝国的倾颓。凤凰皇帝总是在他们统治末期就变得颓废，除了每逢第十七轮回时，届时我们会得到一位重生的凤凰，就像泽丽卡那样。既然那是大轮回的终结——第十七轮回——就尤其糟糕了。帝国即将分崩离析，东方人又在侵袭东边的疆界，亚德隆认为皇帝要么就该下台，要么就该被取而代之。"

"柯莱耶不干？"

"不是。我记得他曾经对我指出所谓的'入侵'是指发生在主要居民都是东方人的几块领土上。他说那些地方就是他们的领土，没有什么理由不让他们拿回去的。"

"我想我会喜欢这个人的。"我说。

"说不定，"塞丝拉说，"他挺招人喜欢的。我想，他本可以成为一个很好的皇帝。"

"对我来说就是这样，"我看了雅丽拉一眼，"好像亚德隆就是——"

"我以为进餐时间到了，"莫罗岚说，"或许我们应该吃完了再继续说？"

我微微一笑，点点头，站起身来，让卡奥蒂挽着我。她挽着我的手臂，我们带头朝小饭厅走去。我希望大家一起吃的这顿饭要比上一顿更好消化一些。

这又让我想起了那一餐，还有我在玄虎山脉度过的那些日子。这些回忆基本上都令人愉快。

但我也想起了一段对话……那些话和眼前的事情没什么关系的。会有关系吗？整个事情，就只是要完成它而已。但是然后呢，龙迦人就是龙迦人。

"稍等片刻。"

莫罗岚叹了一口气，转过身来："什么事，弗拉德？"

“我刚刚——”

“能不能等一下？”

“呃……我先想想，咱们先进去坐下吧。”我的脑子飞速运转得跟一个半人猫一样。在我找到自己的位置的同时我想我撞到了几个人还有墙。

我注意到我们正坐在之前待过的地方，完全相同的位置。一个仆人送来了酒，我尝也没尝就喝干了。

“好吧，弗拉德，”莫罗岚用一种听天由命的口气说道，“你要说什么？”

“我想我刚才可能想明白了是谁在幕后，还有他的理由。”

我突然把所有人的注意力都吸引过来了。

“继续说。”莫罗岚说。

“维拉，但是这很不好解释。不过，既然绿衣女巫作了这个计划，又有什么不可能的呢？”

“嗯，到底是谁？”

“我这么说吧：我的推测是，大概两三年前，绿衣女巫和她某位故交闹翻了。”

我转头问塞丝拉：“我说得对吧？”

她看起来有些困惑，然后，突然地，她张开鼻孔，眼睛圆睁。过了一会儿，她点点头。

“这就是了，那么……”

“是什么，弗拉德？”莫罗岚说话的声音仍然很平静。

“你很享受对大家卖关子的感觉嘛，对不对，头儿？”

“闭嘴，洛尤希。”

“好，我继续往下说：假设诺拉莎被杀了，被莫罗岚和雅丽拉杀了。问题了结。于是，本该接替王位的继承人就不在了，对吧？接下来轮到谁继承呢？”

“雅丽拉。”莫罗岚说。

“正确。但是有消息传出她参与了龙蜥的战争。那么会怎样呢？”

“嗯哼，”莫罗岚说，“长老会就会——”

“进一步假设长老会被人操纵了，或许只有一小部分，或许是绝大部分，但这一系列事件就可以串联起来了。”

“很好，于是雅丽拉也丧失继承权了，如果这就是你要说的话。”

“没错。然后，根据同样的理由，莫罗岚，你也一样了。接下来会轮到谁呢？”

他们面面相觑。“我不知道。”雅丽拉最后说道。

“我也不知道。不过，在某种意义上，这并不重要。我相信绿衣女巫知道。这个人可能恰好没有被卷入——只是他的政见已经为人们所知。你说过，没有战龙想做王位继承人。那么每个战龙究竟想做什么呢？”

“督军。”雅丽拉毫不犹豫地说。

“正确。莫罗岚，为什么不把名单交出来呢，如果现在已经准备好了的话。”

“但是……好吧。”他犹豫了片刻，“在路上。”

“什么名单？”塞丝拉问。

“我要莫罗岚收集每个可能提议让那个恐枭巫师来帮忙对诺拉莎进行鉴定的人的名字。”

“现在，”我接着说，“如果莫罗岚或者雅丽拉继承帝位，他们就会把对方任命为督军，于是你们两人都得走了。诺拉莎在此前一直都不具备威胁性，但是要是事情真的发展到这一步，那也会是最安全的消灭她的办法。”

“空位期前，如果亚德隆是皇帝的话，就有一个显而易见的机会来任命督军，所以——”

“任命谁？”卡奥蒂问。

“我正要说到这里。不管怎么说，他还没想好任命谁，就已经被安排好成为继承人。在他失败后，凤凰保留了权力，于是就没有什么紧急事件。接着莫罗岚成为了继承人，一切顺利——”

“是这样吗？”莫罗岚问。

“对——直到雅丽拉突然出现。然后，在你之下会成为督军的人就明确了。而且，更糟糕的是，雅丽拉的政治主张出了错，你们俩都得走人。巴瑞特，他本来很愿意到时候帮忙的，在这件事情上也不得不划清界线。他也得走人了。”

“于是，这位‘未来的督军’和绿衣女巫，他的一个好朋友，也是一个魔蛇，安排了新的计划。首先他们先假装闹翻，这样他们不会在任何人的头脑中发生联系。”

“这个计划花了两年时间来筹备成熟，对魔蛇来说这已经很快了。事实上你们俩和我成为朋友，而我在龙蜥家族内提升迅速，一定也让计划加快了一点。”

“首先，他们要杀了诺拉莎。”

“为什么？”莫罗岚问。

“因为雅丽拉在满世界找一个能代替她成为战龙王位继承人的人，她不会故意做一些让自己丧失继承权的事情，因为她认为那不名誉。但是她还在试图找到某个‘纯血’的战龙，或者是那些战龙想找的东西。这必然会将她，最终，带到埃·兰亚面前。”

“确实如此，”雅丽拉说，“我试图查清楚诺拉莎身上已经发生的事情，正是借这个机会她才能再给我一宗亲戚。”

我点点头：“所以他们只好杀了她，因为，一旦雅丽拉找到她，她就会发现，事实上，她是个纯血种。”

“很好，”莫罗岚说，“接着说。”

“这个主张，”我接着说，“就是杀了诺拉莎，并且让你们二位因为帮助我而蒙羞。我估计有人在某个环节出了点小差错，而本来你们两位应该更早得到警报才对。我认为他们并没打算那么快就把事情搞定的。不过无论如何，事情还是运转了起来——直到你，雅丽拉，出人意料地把诺拉莎复活，把他们的计划全盘搞砸为止。然后他们只好启用了临时计划。首先就是要对诺拉莎进行测试，只是为了看看她有没有能力，实际上，是为了看看她继承帝位之后对他们是否会有用。”

“怎么做？”诺拉莎问。

“你不记得当时绿衣女巫问你对东征计划作何感想吗？我当时并没有在意，但是——”

“你说得对！”

“证实。如果你当时就说你很乐意的话，他们在那里就会停下来，把我干掉，然后想方设法说服你让一个正确的人成为督军。既然你的政治主张错了，他们把拉里斯这个人透露给你，这样你就会冲出去宰了他——他只是个炮灰—— 然后让你丧失继承权。”

卡奥蒂摇摇头：“他们为什么还要继续煞有介事地试图暗杀呢，弗拉季米尔？”

作为回答，我转头问诺拉莎：“如果你这两次暗杀计划都失败了，你会相信真的是安排你去进行暗杀吗，就算后来已经告诉你了？”

她的眼睛眯了起来，然后摇了摇头。卡奥蒂点点头。

正在这时，恰好作为提醒，一个仆人到了，拿着一张纸。他把纸递给了莫罗岚。

莫罗岚瞟了一眼。“找找看，”我说，“如果雅丽拉没出现，你会委派去做督军的人的名字。”

他看了，嘴巴渐渐张开。塞丝拉俯身越过雅丽拉，去看莫罗岚左手上的那张名单。她只瞟了一眼，点点头，把它丢在桌子中央，双眼中闪烁着“冰焰”的寒光。

“我宁愿，”她说，“让她计划把我杀了。”

名单上有九个名字。第三个，就是小塞丝拉。

16

“弗拉季米尔和我会在一边看的”

我们都坐在那儿面面相觑。然后莫罗岚清了清嗓子。

“我们可以吃了吗？”他问。

“为什么不能？”塞丝拉说。

莫罗岚下了几个必要的命令。我一点也不知道端上来的是什么，但我肯定吃了，因为此后我一点也没有饥饿的印象。

“他们今晚会在这儿吗？”诺拉莎提醒道。

莫罗岚说：“我倒希望他们在。”根本没必要问“他们”是谁。

“那么也许我们应该计划一下和他们的会面。你同意吗，妹妹？”诺拉莎问卡奥蒂。

“不是在这儿，”我说，“莫罗岚禁止虐待他的客人。”

“谢谢你，弗拉德。”莫罗岚说。

“不客气。”

“但是很显然，”雅丽拉说，“在这种情况下——”

“不行。”莫罗岚说。

在暴风雨落下来之前，我赶紧说：“我们还是应该在行动之前商量何时排除所有客人才好。”

诺拉莎看着我：“你的意思是你还不确定？”

“我确定。但还是该查证。”

“怎么查？”

“我有办法，可能要花费一点时间。不过现在，我们还是吃饭吧。”

“芬多尔。”

“什么事，老爷？”

“你有没有追捕到那些平房的房东？”

“还没有，老爷。”

“我给你两个人的名字，他们可能对房子发动了攻势，也许会有点用也说不定。一个是小塞丝拉，还有一个是绿衣女巫。”

“我会去查证的，老爷。”

“非常好。一有消息马上联络我。”

“好的，老爷。”

“幸运的话，”我大声说，“我们很快就能知道点东西了。”

“弗拉季米尔，”卡奥蒂问，“我们要怎么样才能接近他们？”

“是啊，”莫罗岚干巴巴地说，“你又不能指望她把你变成一只蝾螈。”

“我会好起来的，”我说，“如果我们想对他们做点什么永久性的事情，无论如何也不能在这儿攻击他们的。有没有人知道女巫住在哪里？”

“从来都没有人会知道一个魇蛇住在哪里。”塞丝拉说。

“对呀。一个可能性就是拉里斯。如果我能安排和他见面，我就会向他表明他的合伙人正在他背后放冷箭。也许他就会站在我们这一边来倒他们的台。”

“但你就不打算把他杀了？”雅丽拉问我，“你要是没这么想，我还有这个打算呢。”

“还有我。”诺拉莎说。

“我当然有打算，但是他没必要知道这个。”

雅丽拉眯起眼睛来：“这种计划我可插不上手。”

“我也不会出手的。”莫罗岚说。

“我也不会。”塞丝拉说。

“我也不会。”诺拉莎说。

我叹了一口气：“对，我知道。你们坚持所有事情都应该光明正大，公正而且公开。只是因为他曾经试图暗杀你以及用阴谋对付你的朋友，就要利用某人，这是不公平的，对不对？”

“对。”雅丽拉说，脸上波澜不惊。

“你们战龙可真叫我吃惊，”我说，“你们声称在背后放冷箭是不公平的，但是又怎么解释攻击一个你们俩都知道比你们更弱、更没经验、更笨拙的人呢？这就不会带来优势了？纯属废话。”

“弗拉德，”莫罗岚说，“这种事是……”

“别在意。我考虑一下——稍等，我想马上就能拿到查证结果了。”

我和芬多尔通了一会儿话，然后回过神来面对他们。“已经证实了，”我说，“小塞丝拉，通过中间人，控制了一排平房，那地方也曾经是卡奥蒂和她的战龙领主伙伴袭击我的计划的一部分。”

“非常好，”莫罗岚说，“我们怎么继续下去？”

“跟一个魔蛇比精明可没什么意义，”塞丝拉说，“把事情搞简单点。”

“换个规则？”

她冷笑一声：“而我，会亲手解决掉小塞丝拉。”

“已经够简单了，”我过了一会儿说，“但是卡奥蒂和我在传送后都不会处在最佳状态。”

“卡奥蒂和你，”雅丽拉说，“就没必要做什么了。”

我看了卡奥蒂一眼。

“我不在乎，”她说，“弗拉季米尔和我会在一边看的。”

我点点头。本来我还想再做点什么，但并没有必要告诉他们了。除了——

“抱歉，莫罗岚，不过保险起见，我能不能借一把魔甘提剑？”

他皱了皱眉头：“随你便。”

他集中了一会儿精神，很快一个仆人带着一个木头盒子出现了。我打开盒子，看见一把短小、镶银的匕首套在一个皮质刀鞘里。我把它拔出一半，立刻就认出了这是魔甘提武器。我把它插回刀鞘，藏进我的斗篷里。

“谢谢你。”我说。

“没什么。”

我们站起身来，互相看了看。似乎谁都没有合适的话要说，于是我们就这么出了小饭厅，走到城堡里的某个地方，就是主餐厅去。

我们走进餐厅，立刻就发现了小塞丝拉。洛尤希离开我的肩膀，开始保持一个足够让它不那么显眼的高度（莫罗岚的宴会厅足有40英尺高），绕着房间四处飞。莫罗岚走到小塞丝拉身旁，静静地同她攀谈。

“找到她啦，头儿，就在东北角。”

“做得好。”

我把这个消息告诉给莫罗岚，他自己就去找了小塞丝拉来，我们剩下来的人朝绿衣女巫那里集中过去。我们和莫罗岚几乎在同一时间走到她跟前，她看看他，看看塞丝拉，然后又看了看我们。然后，她的眼睛，可能，微乎其微地睁大了一点。

莫罗岚对她们说：“小塞丝拉，女巫，为了接下来的17个家族，你们在我这儿已经不受欢迎了。在此之后，你们大概也该回去了。”他鞠了一躬。

她们互相看了看，又看看我们其他人。大厅里的其他人也开始朝这边看过来，感觉到了有些不同寻常的事情正在发生。

小塞丝拉张了张嘴想要说点什么，但又停住了——女巫可能用心灵感应告诉她争辩是毫无意义的。然后她们俩也鞠了一躬。

塞丝拉·拉沃德一步跨到和她同名那人的身后，拉住了她的上臂。她们互相看了看，我却无从辨认她们的表情。

然后，突然地，绿衣女巫就不见了，洛尤希回到了我的肩膀上。我看了看雅丽拉，她正闭着眼睛集中精神。然后小塞丝拉消失了，塞丝拉·拉沃德也和她一起走了。

“塞丝拉会对她做什么？”我问莫罗岚。

他耸耸肩，没回答。

虽然眼睛还闭着，但雅丽拉还是立刻说道：“她知道我正在追踪她。如果她停下来切断这个追踪，那我们就会有时间来赶上她。”

“她是要尽力找最有利于她的地方吧。”我说。

“正是这样。”

“让她找。”诺拉莎说。

卡奥蒂用双手把头发理到后面，同时我调整了自己的斗篷。我们相视一笑，都知道这些动作意味着什么。然后——

“就是现在！”雅丽拉说。

我的胃里一阵翻江倒海，黯堡消失了。

我注意到的第一件事情就是热度—— 一种灼烧的痛苦。我开始尖叫，但在我有机会叫出声来之前，这种痛苦已经消失了。我们似乎正站在火焰中央。在我左边的某个地方我听见一个干涩的声音说：“真迅速呀，雅丽拉。”

我认出那个声音属于绿衣女巫，只听她接着说：“你还不如撤销传送结界呢，我又不会去哪里。”

我突然想到，她在传送的时候肯定已经做好了准备，然后就把我们带到了一个熔炉里。显然，雅丽拉也考虑到了这一点，于是在我们被烧成灰之前往我们周围设置了保护咒语。

“你还好吗，洛尤希？”

“很好，头儿。”

然后火焰包围了我们，又熄灭了。我们在一间房间里，离墙边有20英尺，四壁都是漆黑的。我们站在齐脚踝的灰烬里，绿衣女巫站在我们面前，眼神的冰冷程度和刚才火焰的炽热程度不相上下。她的手里拿着一根朴素的木杖。

“你们最好离开，”她冷冷地说，“我自己的人会围在我的身边，而你们，在他们到这儿之前几乎什么都做不了。”

我瞥了雅丽拉一眼。

绿衣女巫握着手杖做了个动作，然后她身后的墙自己倒塌了。在墙的那边，我可以看见大约30个龙迦人，都是全副武装的。

“最后一次。”女巫说道，一脸微笑。

我咳嗽了一声，问：“所有魔蛇都这么耸人听闻吗？”

女巫发了信号，他们在灰烬上往前迈步。

雅丽拉做了个手势，我们再一次被火焰包裹了片刻，然后他们死了。

“不错的尝试，亲爱的，”女巫说道，“但我本来早就该想到的。”

“我看也是。”雅丽拉说。她转头问莫罗岚：“你想要她，还是那支军队？”

“随你挑。”

“非常好。”莫罗岚说着，拔出了“黑杖”。我看见了那些男人和女人面对着我们，当他们意识到他手中握着的是一把魔甘提剑，而这个强有力的人，毫无疑问，他们以前从未遭遇过时脸上的表情。莫罗岚平静地朝他们走了过去。

“你要记得，”我对卡奥蒂说，“我们只是来这儿看的。”

她朝我投来一瞥不安的微笑。

接着我身旁有人一闪而过，然后我就看见诺拉莎朝女巫冲了过去，挥着剑。雅丽拉嘘了一声然后闪到她身后。一个不知名的法术在我身后爆开——因为我听见了一身沉闷的爆炸，烟雾也翻腾着散开了。

女巫闪身穿过她身后军队的第一线，举起手杖。火焰从杖头喷涌而出，朝雅丽拉和诺拉莎横扫过来，但雅丽拉只是举起手就把它们统统抵消了。

莫罗岚、诺拉莎和雅丽拉在同一瞬间打退了第一波攻击。“黑杖”切断一个人的喉咙，扫过下一个护卫的胸膛，然后，在这个动作还没完结时，又将它高高地插入第三个人身体一侧。莫罗岚扫过他右侧时，还没有人来得及击中他。他拔出“黑杖”，又切开了两个人的肚子，接着格挡下一次攻击，然后一剑戳穿了对方的喉咙，紧接着退后一步，面对着前方的大部队，稍许保持警戒，剑举到头的高度朝前指着他的敌人。在他左手上是一把长匕首。整个房间里充斥着惨叫声，那些看见莫罗岚的人都被吓得脸色煞白。

我看见又有 3 个卫兵倒在了诺拉莎脚下。而与此同时，雅丽拉玩儿似的挥舞着她 8 英尺长的巨剑，在那些士兵中间前后砍削，到目前为止，她的总数已经有 5 个了。

然后，令人难以置信的是，那些死了的卫兵纷纷起身——甚至连被“黑杖”杀死的那个也站起来了。我看了女巫一眼，看见她脸上显出一个意味深长的专注神情。

“稳住他们！”雅丽拉大喊。她向后退了一步，右手握剑，刺进她左边的

空气中。那些试图起身的尸体都停住了。女巫握住手杖作了个手势，它们又继续活动。雅丽拉再刺进空气，它们又停下。如此往复。

然后雅丽拉又做了点什么，一道蓝色辉光出现在女巫面前，她尖叫出声。片刻之后辉光消失了，但我也看得出她脸上已经汗水涟涟。

莫罗岚和诺拉莎都忽略了这一情形，此时又有超过半数的敌人倒下了。

我歪了一下嘴角对卡奥蒂说："我们要不要做点什么？"

"为什么？他们是战龙领主，热衷此道。就随他们去吧。"

"话是这样说，不过我还是有一件事情得去做。看起来，很快就得去做。"

"什么？"

差不多就在此时诺拉莎打破了战线，女巫大声尖叫，挥舞着手杖；诺拉莎扑倒在地，往空中抓了一把。

卡奥蒂在我有所动作之前就行动了。她用某种方式，联系了她的朋友，然后跪在了她的身旁。

和诺拉莎正在缠斗的那人转而攻击雅丽拉，她只好再次自卫。我拔出一对飞刀，只是为了试验一下，把它们朝女巫扔了过去。它们自然而然地在靠近女巫的时候被弹开，飞远。

我听见莫罗岚出声咒骂，看见他的左臂虚弱无力地垂在他的身体一侧，有红色的痕迹附在他黑色的斗篷上。

诺拉莎看起来还活着，但已经昏迷了。这，显然，就是我最好的时机了。我抽出两把战刀，在穿越没过小腿的灰烬时尽可能冲得远一些。当我靠近那些战士时，两眼都紧紧盯着雅丽拉，然后就这样蹲下躲过一次挥舞，然后我把那两把刀留在两个战士的肚子里，他们没本事对付一个从他们身边滚过的东方人。然后我已经超过了战线，距离女巫大约四英尺。在我站起身之前，破咒器已经跃入我的手中，我将它向前挥出。

当然，她也看见我了，然后用手杖做了个动作作为欢迎。我觉得手臂一阵刺痛，于是一声尖叫，向后仰倒。

"弗拉季米尔！"

"别过来！"

我睁开眼睛看见女巫已经转过身了，于是我顺利地摸到自己的脚，抽出莫罗岚借给我的魔甘提匕首，走近她，甩出破咒器朝她的后脑砸下去。

尽管她设置过某种类型的防护罩在身体周围，这种效果也被降到了最低。她抽搐了一下，回身过来。但，尽管防护罩挡住链子让它无法打中她，链子也将防护罩撤去了。在她有所反应之前，正是将魔甘提剑逼上她喉咙的大好时机。

莫罗岚和雅丽拉正在对付最后的几个卫士，但莫罗岚看起来已经摇摇欲坠，而雅丽拉紧紧抿着嘴唇保持专注，以保证她自己各个部位协调一致。卡奥蒂正在帮诺拉莎站起来。我没多少时间了，于是我很快地跟她说：

“这场战斗跟我一点关系都没有，而且如果你把我要的东西给我的话我就会离开。但如果你不告诉我拉里斯在哪里，我就切开你的喉咙——用这个。而且如果你要是警告他的话，我会在有生之年都一直追捕你。”

她甚至都没有犹豫一下。

“他在立柱街大仓库的顶楼。立柱街和独爪街街角两座楼房的东边，街的南边。

她向你展示了你所能期望的魔蛇家族成员的忠诚。“谢谢。”我说，然后后退，仍然握着匕首和破咒器。

她转身走开，显然是相信了我的话。她做了点什么，可能是重新建立她的防御。正在此时，雅丽拉·埃·基兰手中的基兰巨剑，把最后一个卫士的头砍了下来。

莫罗岚向前一步，一道黑色波纹从“黑杖”剑尖发出，击中了女巫。这，我稍后再说，再次消解了她的防护罩。瞬息之间，诺拉莎的剑一扫，女巫的手杖就飞了出去——连同她握杖的右手。

她大叫一声跪了下来，这个位置正好让诺拉莎一剑刺穿她，正好穿过胸膛。

房间里一片死寂。绿衣女巫仰头用一种彻头彻尾的怀疑神情盯着诺拉莎，然后鲜血从她的嘴里涌出，她倒下落在龙蜥之间的脚上。

卡奥蒂来到我的身旁，我朝他们三个点点头，站在那个尸体旁边。

“光荣，”我嘟囔着，“归于战龙家族。”

雅丽拉虚脱倒下。卡奥蒂轻轻捏了一下我的手臂。

我们回到黯堡，把绿衣女巫的尸体留在原地。我自己倒了一大杯白兰地，我很看不起这种东西，但是它比红酒更够劲，而我也不想去建议匹亚兰·米斯特，不知何故，这总不像是举行庆祝会的时刻。

“她是个相当老练的女巫。”雅丽拉虚弱地说道，她正靠在躺椅上，亡灵巫师正帮她治疗。房间里一片脑袋点个不停。

“弗拉德，”莫罗岚说，他的手臂已经被挂了起来，“你对她做了什么，还有你为什么要出手？”

“她有某些我想要的消息，”我解释说，“我也得到了。”

“然后你就放她走了？”

我耸耸肩：“你们说了不要我帮忙的。”

“我明白了。”我注意到卡奥蒂用手掩住了嘴角的笑意，我朝她挤挤眼睛。莫罗岚又问：“那个情报是什么？”

“你还记得我正处于一场战争之中吗？拉里斯就是靠她罩着，但他还有些资源可以用来收拾我。他很快就会发现她已经死了，等他发现，就会开始跟我来真的了——我得确保在他这么做之前结束战争。我断定她知道拉里斯的藏身处，但愿她没说谎。”

“我明白。”

卡奥蒂转身问我：“那么，我们会不会把他了结掉呢？”

我喷了一下鼻子：“你想会有那么简单吗？”

“会。”

我思忖了一会儿：“你说得对。会很简单的。”我闭上双眼，过了一会儿，只是要确保我没有忘记每一样东西。

“克瑞加。”

“你好，弗拉德。”

“生意如何？”

“稍好一点。”

“很好，去联系婊子巡逻队。两个半小时后，我想要对某座仓库设置防止任何人离开的传送结界。”我告诉他。

“了解，头儿。”

“很好。一个半钟头后，我要这些人在事务所里：萧恩、棍子、光虫、纳瓦恩、纳尔、斯迈雷和齐莫夫。”

“呃……就这些？”

“别开玩笑。”

“你是否弄到了点什么东西，弗拉德？”

“对，我们得到了点东西。而且我不希望有任何差错。这应该会很快，没有痛苦，而且很轻松。所以把所有人都找来，并且保证你找的术士胜任这个工作。”

“了解，头儿。”

连接断了。

卡奥蒂和我站起来。“嗯，谢谢你们的热情款待，”我对他们说，“不过恐怕我们还有点私事要办。”

诺拉莎咬住了嘴唇：“如果有什么事我可以帮忙……”

我看了她一阵，然后低低地鞠了个躬：“谢谢你，诺拉莎，我是认真的。不过不用了。我想，这几个月来第一次，所有事情都在我的控制下了。”

我们离开房间，下楼走到入口，莫罗岚的一个手下把我们传送回了事务所。这次我确信已经警告过他们我们来了。

“你什么？”

现在，我假设，你正期待着我告诉你我是如何穿过亚德里兰卡的诸多街巷，展开一场漫长的追逐后抓到了拉里斯，最后把他逼到角落里；他又是如何像一头玄虎那样打斗，而我在他放弃跟我战斗之前几乎无法取胜。对吧？废话。

只有两个问题会把整件事搞砸：首先，绿衣女巫没有告诉我拉里斯真实的藏身处；其次，她可能会有时间去警告他。但是，两条都不成立。为什么？对于女巫而言，他不过是个工具；而且，既然我们已经发现他们在做什么了，这个工具也就没什么用了。

我认为绿衣女巫在诺拉莎把她干掉之前并不会真的有时间去警告拉里斯，而且，就算她告诉我拉里斯的藏身处是在撒谎，也无伤大雅。所以我花了大概半个钟头，向事务所里的每个人解释了我的计划。我确实提到了一点注意事项：“如果这儿有谁觉得他把这些东西告诉拉里斯之后还能把自己照顾得很好，那么他可以不听。拉里斯有过后台，那个后台已经死了。马上，我们拿着的就只有扁石头，而他也只有圆石头了。所以别想给我耍滑头。”

我把左边最下面的抽屉翻了个底朝天，最后终于找到了一把趁手的武器——一把有着纤细刀柄和七英寸刀刃的细短剑，把它插在了腰带的右侧。我们

坐下来差不多又等了半个钟头，然后萧恩和齐莫夫站起来闪身出门，我们剩下的人又等了十分钟才开始起身行动。

“祝你好运，头儿。”克瑞加说。

“谢了。”

我们朝马拉克广场走去时，洛尤希高高地飞在我们上方。卡奥蒂领头，棍子和光虫一左一右站在我身旁，其他人分散在我的前后走着。

我们走到广场通往立柱街的入口，刚要走到银匠街我就收到了一条萧恩的消息。

“他有四个人在外面，头儿，两个在门口，两个在巡逻。”

“好的，我会派人帮忙的。”

“多谢。”

“纳瓦恩和斯迈雷，前进。萧恩负责部署，你们有五分钟时间就位。”

他们跑去了，我们剩下的人把速度减慢——几乎就没怎么动。

“还在清理，头儿。”

“好的。”

卡奥蒂回头看了我一眼，点点头。过了六分钟，萧恩的报告传回来：*“全都布置好了，头儿。大概要花上五到九十秒的时间，关键看巡逻的在什么地方。”*

“行。现在别动。”

我们到了立柱街的拐角，就在转到独爪街前面一点的地方。

“他们现在位置如何，萧恩？”

“你要是现在发令，大概三十秒。”

“上。”

“了解。”

我抬起手，一行人都停住了脚步。我在心中默数了十秒，然后开始继续朝前走，这次就快些了。我们走到了转角附近，已经能看到那座楼房，但只能看见萧恩和齐莫夫，很快，纳瓦恩出现在他们身旁，接着是斯迈雷。过了几秒钟我们到了他们身边。

我检查了一下那领上好的斗篷。

“传送结界现在应该布置好了。检查一下，纳瓦恩。”

他闭上眼睛，过了一会儿，点了点头。

我又对他们说：“门。”

纳尔说：“可能我们该先敲门。”

萧恩和光虫站到门边，他们对视一眼，点点头，光虫擎出他的硬头锤狠砸在门闩上，同时萧恩的肩膀也猛顶门板。门应声倒下。

纳尔说：“你不觉得如果它没有锁咱们这么做实在很蠢么？”

我对他说：“闭嘴。”

在我们开始行动之前，卡奥蒂先闪身到他俩中间，里面一阵骚动，在光虫、纳尔和萧恩跨进门的同时我听见有人倒地的声音。洛尤希落到我的肩膀上，同时齐莫夫和斯迈雷都跨过了门口。我紧随其后，棍子和纳瓦恩跟在最后面。

这是一间很大而且很空旷的仓库，里面有两具尸体，身上各插了一把刀。我们很快就看见了楼梯，但一路上并没有看见什么人。我把纳尔和斯迈雷留在通往三楼的楼梯底下放哨，我们其余的人都上去了。

我们暴露在了一间宽敞的空房间里，前方大约 5 英尺的地方是三个稍小的房间，分别在右边、前边和左边。据我推测，都是办公室。

我们才到，三个龙蜥人就出现在了右边的房间里。他们站在那儿，大张着嘴。棍子越过他们，光虫紧随其后，光虫还提着他的硬头锤，像个傻瓜一样咧着嘴笑。棍子拎着他的棍子。一共只花了他们三秒钟的时间而已。

然后我派光虫和萧恩到右边的房间，我正打算派齐莫夫和纳瓦恩去开正前方的门时，听到有人说：“怎么这么吵呀，先生们？”声音从左边的房间里传出来，我听出那就是拉里斯的声音。

我给纳瓦恩使了个眼色，他站到门前，我们剩下的几个人都在门后找到了自己的位置。纳瓦恩挥拳，门朝里面飞了进去。

这个房间不大，有大概八九张软垫椅，两张办公桌。其中一张空着，拉里斯在另外一张的后面。另外还有 4 个龙蜥人在房间里。

有片刻工夫，谁都没有动。拉里斯转身对一个人说：“传送。”

我们只是在等。

那个龙蜥人回答说：“有结界阻碍。”

卡奥蒂走进事务所，他们仍然一动不动。棍子带着他的两根棍子进去了，然后是带着硬头锤的光虫，然后是剩余的其他人。

拉里斯和我对视了一下，但我俩谁都没说话。有什么好说的？我看了看他的保镖，大多数的武器都半出鞘了。我告诉我的人靠边站，我们让开到门口的一条路，棍子掂了掂他的武器，看着拉里斯的保镖，清了清嗓子。

他说：“先生们，干这个没前途的。”

他们看看我们这一大群人，然后，一个接一个地，都站了起来。他们举起双手，掌心向外，清干净了身上的武器。一个跟一个，都不看拉里斯一眼，鱼贯而出。

我说道：“你们所有人，除了卡奥蒂，护送他们出去。”我拔出之前挑拣好的刀子。

房间里只剩下我俩和拉里斯，我用脚关上了门。卡奥蒂说：“他是你的了，弗拉季米尔。”

我下手很快，拉里斯一声都没吭。

一个小时后，我盯着雅丽拉，嘴巴撑得老大：“你什么？”

“我复活了她。”她说道，有些困惑地看着我，就好像在说：“为什么你会觉得不正常？”我坐在黯堡的图书馆里，和莫罗岚、卡奥蒂、诺拉莎和塞丝拉在一起。雅丽拉还躺着，看起来有些苍白，但很健康。

我像一杯被煮得咕嘟冒泡的克拉瓦咖啡一般气急败坏地嘟囔了半天，然后好容易才挤出一句话：“为什么？”

“为什么不呢？”她说，“我们已经把她杀了，对不对？这就够羞耻的了。此外，女皇也是她的一个朋友。”

“噢，太棒了，”我说，“所以现在，她……”

“她什么也不会做了，弗拉德。她没什么能做的事了。我们复活她的时候进行了一次思想侦测，然后把她所参与的各种阴谋的每一个细节都详细写下

来了，而且还给她看了备份，这样她就明白我们都知道了。”她微笑着说，“有些其实也还是很有意思的。”

我叹了口气：“好吧，怎么做是你的自由。不过要是明早我醒过来发现自己已经死了，我会来找你抱怨这事儿的。”

“你现在就在抱怨，头儿。”

“闭嘴，洛尤希。”

令我大为惊讶的是，诺拉莎说：“我想你做得对，雅丽拉。”

“我也觉得。”塞丝拉说。

我转身对后者说：“真的吗？告诉我们你对小塞丝拉做了什么。”

“战龙家族，”她说，“决定小塞丝拉再也不能成为皇帝或者督军，她的后代也不行。”

“唔，”我说，“但你对她做了什么呢？”

她朝我迷离地似笑非笑地说：“我相信自己找到了一个对她来说很合适的惩罚方式。我叫她向我解释一下事情的整个经过，然后——”

“噢？她说了什么？”

“没什么新鲜事。她希望东征，就去向她的朋友绿衣女巫抱怨说，等柯莱耶大人当了皇帝，他根本不会批准东征的。女巫就安排了一个计划来保证亚德隆成为战龙继承人，因为她们知道亚德隆会任命巴瑞特做督军，而巴瑞特赞成东征的计划。巴瑞特同意了，主要是因为他认为亚德隆会成为一个比柯莱耶更好的皇帝——抱歉，诺拉莎。”

诺拉莎耸耸肩。塞丝拉接着往下说：

“亚德隆天灾发生后，他们把事情暂时搁置起来。等泽丽卡继承了皇位，事情又再度开始运转，莫罗岚作为继承人的身份得到证实。他们安排小塞丝拉成为莫罗岚的朋友，发现他并不会反对东征，于是他们松懈了。等雅丽拉公开露面并成为继承人后，他们就又开始折回去继续工作。他们计划要让雅丽拉和莫罗岚蒙羞，利用你们和弗拉德的友谊来达到这一点。他们已经认识了拉里斯，因为安排那次弄虚作假的检查也有她做的肮脏勾当。当巴瑞特拒绝合作时，他们就让拉里斯杀了他；然后以此要挟拉里斯攻击你。很显然他完全乐意接手你的地盘，弗拉德，但他们也说服他不要把你立刻杀掉。他们告诉他，他可以在计划完成后得到你的地盘。剩下的我想你都知道了。”

我点点头：“对。现在，关于小塞丝拉……”

“噢，是的。我让亡灵巫师把她禁闭到了另外的位面，和龙迦帝国有些相似，但时间在那里是以一种不同的速度流逝着。”

“然后她就不能动弹了？”在我看来似乎已经够苛刻了——比杀了她要好。此外，跟她在一起的压抑感远不如跟绿衣女巫在一起的感觉。

不过。“不会，”塞丝拉说，“她完成任务后就可以回来。照我们这边的时间算不会超过一个星期。”

“任务？”

“是的，”塞丝拉再次朝我们露出了她朦胧的浅浅的微笑，“我把她放在沙漠里，有足够的食物、水、掩体还有一根棍子，然后我要她在沙子上写‘我再也不会妨碍战龙议会’八万三千五百二十一次。”

请想象一下，一个老人—— 一个东方人，差不多七十岁了，在我们这个种族里算是一个让人印象非常深刻的年纪了，但他在这把年纪的时候身体仍然很好。他很穷，但算不得赤贫。他在龙迦帝国里拉扯着一大家子而且把家人照顾得很好，他埋葬了（一种东方人描述“长寿”的说法，我不确定为什么）一个妻子、一个妹妹、一个女儿和两个儿子。唯一还活着的后代是一个孙子，而这个孙子差不多每过上个几周就会让自己走到被杀的边缘。

他差不多全秃了，只在头顶周围还留着一些白发。他身材高大，是个健壮的男人，然而手指却依然灵活得能用细剑和一个年轻人漂亮地格斗一场，还能让那些不了解东方剑术的龙迦人对这种魔法大吃一惊。

他住在东方人隔离区，就在亚德里兰卡的南边。他作为一个术士勉强维生，因为他拒绝了孙子的赡养。他很担心他的孙子，却从不表现出来。他会出手帮忙，但不会参与到他的孩子们的生活中去，而且也不会要他们为自己而活。如果他的儿子里有人想要让自己假装融入到龙迦社会中去，他会很悲哀并且觉得这个儿子注定会大失所望，但他从来不会提出哪怕一个字的批评。

拉里斯死后的第二天，我去看望了这位老先生。穿过街道，走在那些令

我们作呕的污秽上，但我藏起了这种感觉。不管怎么说，我们都知道东方人很肮脏，对不对？不要介意他们不会用龙迦人的方式利用魔法保证他们邻居门口的清洁。如果他们想要用魔法，他们可以搬到村子里做个泽鼠然后成为帝国的公民，或者去买一个龙蜥的头衔。难道做农奴不好吗？他们也很固执，对不对？没钱买头衔吗？当然没有！谁会给他们一个好差事，来看他们有多肮脏呢？

我试着忽略这种烦躁感，卡奥蒂也在尝试，但我可以看见她眼中周围往来行人的紧张，感觉到她所走的每一步都是有目的的。回来这里我本应该感觉很好—— 一个衣锦还乡的东方男孩。我本该有这种感觉的，但我没有，只觉得恶心。

我祖父商店的门口没有挂什么标志，橱窗里也没有陈列品。住在周围的每一个人都知道他是谁，干什么营生，而他从来不关心外界的人。龙迦人在空位期结束魔法重新生效后就不再用秘术了。

我刚走到门口（还没进门），我的头就擦到了一套谐音钟，让它们叮叮当当地响了起来。他背对着我，但我可以看见他正在做蜡烛。他转过身，脸上神采飞扬，咧出一个没有牙齿的笑容来。

“弗拉季米尔！”他看看我，朝卡奥蒂微笑了一下，站起来又看了我一眼。我们俩可以用心灵感应来沟通（他教过我怎么感应），但除非必要，他都会拒绝这么做。尽管，他认为用心灵感应来交流是一种非常重要的方式，不能随便乱用，但按着他的作风，他也从未指责过我使用心灵感应。于是我们在想要交谈时都会互相走访；而且，既然我们都得穿过对于落单的东方人来说充满危险的区域，而他又拒绝使用传送，他就只好很少离开这块地方了。

“弗拉季米尔，”他又说，“这位是？”

洛尤希飞过去，就好像这个问题是针对它提出来似的，然后开心地接受了搔脖子的招呼。

“阿爷，”我对他说，“我想你会愿意见卡奥蒂的。”

她朝他行了个屈膝礼，他肯定地笑了起来。

“卡奥蒂，”他重复道，“你姓什么？”

“没有姓。”她说道。我咬紧了嘴唇。总有一天我会问他这是什么意思的，但不是现在。

他朝她友好地笑了笑，然后看着我，眨眨眼睛，又眯了起来，白眉毛爬上了他宽宽的额头。

“我们想要结婚，”我说道，“希望能得到您的祝福。”

他走上前来拥抱了她，然后亲了亲她的两颊。接着拥抱了我。当他松开我退后时，我看见了他眼角有泪水。

“我真为你高兴。”他说。然后他的眉毛皱起来，过了一会儿，但我知道他在问什么。

“她知道，”我说，“她一样为自己和我站在一条战线上。”

他叹了一口气：“噢，弗拉季米尔，弗拉季米尔。当心呐。”

“我会的，阿爷。所有的事情看起来都对我比较有利。我以前差点失去了一切，但现在我好得不得了。”

“很好啊，”他说，“但是你怎么会弄到差点失去一切的田地呢？那可不好。”

“我知道，阿爷。只是暂时的，那些阴影让我不安，看不清目标。”

他点点头：“不过先进来，吃点东西。”

“谢谢您，阿爷。”

卡奥蒂有些羞怯（我想这恐怕是她人生中唯一一次因为什么事情而羞怯）地说：“谢谢您……阿爷。”

他让我们进去的时候笑容咧得更大了。

第二天我搬进了拉里斯的旧事务所，开始我的生意。我去见了多洛南，试图着手取得拉里斯以前运转的这片区域的控制权——但那完全是另外一个故事了。此外，在我讲这些话的时候，我不知道它会如何开始，所以我最后什么也没办法告诉你了。我还是发布了对维伦和米拉甫恩的通缉令，悬赏他们的人头，所以我希望很快就会看见他们——多少有点儿急。

搬进拉里斯旧事务所当天，我终于找到机会给卡奥蒂做了一顿饭。我得说自己已经完全超水平发挥了——配上东方红辣椒的鹅肉、瓦拉巴式凯斯纳团

子、茴芹冻……但你不会想要听这些东西的。

我得说，尽管，在我做饭的当儿，我发现了一个边上有个小坏点的洋葱，但我把坏点挖掉以后，剩下的部分还真是美味极了。

有时候，生活也是如此。

1 就是前文提到的塔吉查，我们的主人公始终发不好那个古怪名字的发音。

2 黄晶：一种无色、蓝色、黄色、褐色或粉色的硅化铝矿石，常常与花岗岩伴生并具有宝石的价值，特别是其中的褐色和粉红色种类。

重庆出版社隆重推出：

斯蒂芬·布鲁斯特惊悚奇幻名著

《精灵刺客－茨瑞格之书》系列：

■卷 1《龙蜥》

■卷 2《魔蛇》

■卷 3《泽鼠》

我转回头来开始考虑，是要去帮助已经奄奄一息的那个家伙，还是赶快过去阻止想吃霸王餐的那两个客人。

之后，我看到了血……

一把匕首插在头埋进盘子里的那家伙喉咙上，匕首柄从背后突了出来。我这才慢慢意识到都发生了什么，然后决定：算了，不去找那两位正要离开的先生要钱了。

那两个人毫不惊慌，甚至脚步都没有变杂乱。他们迅速而安静地从我面前经过，走向大门。我一动不动，几乎感觉不到自己在呼吸。忽然间，我意识到自己心脏正在剧烈地跳动着。

其中一人的脚步突然在我身后停住。我依然如同冰雕一般愣在那里，但脑海里却一直呼唤着恶魔女神维拉的名字……

重庆出版社即将推出：

华丽的奇幻文学大师：**格里格·凯斯**

《荆棘与白骨的王国》系列：

■卷 1《荆棘国王》

■卷 2《恐怖王子》

天空撕裂开来，闪电透过扭曲的缝隙跌落而至。随之而来的，是夹杂着烟尘、黄铜与硫磺味儿的黑色冰雨，还有仿佛来自地狱之风的狂嚎。

卡塞克爬起来，紧了紧身上染血的绷带，无论怎样，他希望在看到一切完结之前，这些绷带能够守住他的内脏。

……

女人的声音，但却如同主人的幽灵长鞭一样，自然地阻止了他。

他回头，而后，见到了她。

她身穿黑色铠衣，一张脸白如凝脂，赤褐色长发垂泻而下，虽浸湿了讨厌的雨水，却依然美丽脱俗。她的双眸烁耀生辉，犹如穿透黑云之心的闪电。

她的护拥卫士们站在她身后，同样铠甲齐身，咒文剑业已出鞘，泛着青铜的灼热光芒。他们伫立着，高大而无畏，状若天神……

《冰与火之歌》读者会　会员招募

世纪奇幻巨著《冰与火之歌》系列自2005年在中国大陆出版发行以来，受到广大奇幻爱好者们强烈的欢迎。从第二卷开始，每到年末的时候，作为给冰火爱好者的贺岁活动，由重庆出版社发行部门开展了网络订购活动，方便读者购买。并通过论坛、QQ群等方式，在各地逐步形成了一批冰火爱好者的自发组织。同时，我们也收到不少读者的意见，在局部地区购买《冰与火之歌》还不是很方便，使更多《冰与火之歌》的潜在读者错过了这套奇幻史诗巨著。

为此，我们成立冰与火之歌读者会，让广大爱好者有一个官方组织。入会的读者能够获得我们的购买指引，了解“独角兽书系”其他经典幻想文学的相关信息。能够就近寻找到购买《冰与火之歌》及“独角兽书系”其他图书的书店。对于我们发行范围没有涉及到的地区，我们会采用网上订购的形式进行弥补。同时，在我们指定的书店或网络订购，将获赠特定为“冰与火之歌读者会”会员制作的周边产品，并享受会员折扣。会员活动会通过论坛、移动飞信、电子邮件、QQ群、QQ、MSN发布通知。

入会办法：

冰与火之歌官方网页报名：binghuo.cqph.com（推荐）

或将以下信息发送到后面的联系方式之一既可。(* 为必填)

姓名*、昵称（有时公布信息要用到，如遇昵称重复，我们会在公告时增加城市和姓氏） 手机、座机、电子邮件*、QQ/MSN、通讯地址*。

电子邮件：68809955@163.com

冰与火之歌QQ官方群：

1群37440996

2群37779500

3群31149715

4群19046859

QQ：731726146　msn：simachun@hotmail.com

传真：023-68811410　020-34039017　（注明“加入冰与火之歌读者会）

电话：023-68809955　020-34039017

短信：13825145505

重庆出版集团网上书店购书指南

最新畅销书目		作者	定价
女心理师	2007.04	毕淑敏	25.00元
焦虑症患者	2007.04	柯云路	22.00元
抑郁症、自杀与危机干预	2006.11	王卫红	26.00元

文学类

中国远征军	2007.04	罗学蓬 舒莺	68.00元
人间：重述白蛇传	2007.04	李锐	25.00元
碧奴	2006.08	苏童	25.00元
后羿	2006.12	叶兆言	25.00元

悬疑小说

银枝禁果	2007.04	丽莎·图托	25.00元
枕边密友	2007.03	丽莎·图托	25.00元
精灵迷踪	2007.03	丽莎·图托	30.00元
哇！今夜哪里有鬼！	2006.11	黯然销混蛋	22.00元
嘘！今夜哪里有鬼！	2006.12	黯然销混蛋	22.00元
哈！今夜哪里有鬼！	2007.01	黯然销混蛋	22.00元

“流行杀手”李欢绘本系列

猫街的公主	2007.04	李欢	28.00元
傀儡娃娃	2006.06	李欢	25.00元

经典漫画原作　国内一线漫画作者与资深小说家联袂江湖
凭籍漫画脚本的热辣人气再演笑怒嗔痴热血恩怨

魔比斯环	2007.01	环球数码媒体科技研究（深圳）有限公司	30.00元
创意——中国游戏原画设定年鉴2006	2007.04	张磊 等著	39.80元

《阴阳师》同人专辑：

似蝶舞，舞遍天地	2006.11	穆迦等著 少华等绘	24.00元
女船王	2006.11	委鬼著 丁东绘	20.00元
江湖事件簿	2006.11	诸佳	18.00元

★"韩国校园热门青春小说"系列（共3册）
纸上逗趣的韩国青春偶像剧

恋上黑道王子	2006.12	朴美玲	20.00元
水果屋檐C小调	2006.12	河信友	20.00元
天使团狩猎美男	2006.12	小妮儿	20.00元

★"狐魅公子"系列
俊美妖媚的男性狐狸精　幽默诙谐的边缘感情

春江花月夜	2007.01	可爱多的粉丝	19.00元
春江花月夜之幻境	2007.01	可爱多的粉丝	19.00元
妖夜莲华传	2007.01	樱桃青衣	20.00元
银狐传奇	2007.01	度寒	17.00元